Élie Semoun

Compter jusqu'à toi

Robert Laffont

ISBN : 978-2-221-26543-7
Dépôt légal : octobre 2022
Éditions Robert Laffont – 92, avenue de France, 75013 Paris

« Les faiblesses des hommes
font la force des femmes. »
Voltaire

« (Et vice versa.) »
Élie Semoun

Épisode 1

Le hasard est une chose à laquelle on ne s'habitue jamais

Notre rencontre est une pomme.

Le fruit de cinq hasards, cinq tranches de hasard, un fruit en forme de pomme.

Une pomme ronde, pleine, brillante, croquante et sucrée.

C'est une nature morte désormais, mais qui m'a éclairé quelques années comme une boule à facettes dans une boîte de vie.

La vie… cette petite chose qui va disparaître demain, qui dure le temps d'un bonjour et d'un adieu, qui ne laisse qu'une chance sur deux pour les grandes comme les minuscules décisions.

Qu'est-ce qui m'a fait te choisir toi plutôt qu'une autre ? Le hasard nous a mis en contact, mais il m'a aussi fait croiser un boucher à trois reprises sans que je le remarque, échapper à des centaines d'accidents de la route, sauvé de grands dangers dans lesquels l'inconscience de l'enfance m'avait jeté – à deux ans j'aurais pu me noyer, à seize, j'aurais pu m'exploser contre une voiture alors que j'étais à mobylette, heureusement le hasard avait bien fait les choses puisqu'il y avait un panneau Stop sur cet embranchement. Le hasard a fait aussi rattraper à Momo le marteau qu'il a failli faire tomber de son échafaudage et qui m'aurait fracassé le crâne, grande perte pour l'humour français et les impôts. Bref, pourquoi toi et pas la belle inconnue avec laquelle j'ai voyagé une fois dans le TGV ? Nous nous étions pourtant regardés longuement, souri et parlé mais rien n'y avait fait, le destin n'avait pas voulu actionner sa roue alors que tout était réuni, le moment, l'envie…

Je t'ai rencontrée par hasard, mais peut-être quelque chose en moi t'a-t-il choisie ? Peut-être ne suis-je qu'une marionnette ? Mais qui aurait décidé à ma place ? Mon enfance ? Sûrement.

Le petit Élie a choisi la petite fille qui lui tiendra compagnie, celle avec laquelle il va jouer et souffrir sûrement.

Mais est-ce si grave ? « On ne vit qu'une fois », dit le proverbe. Et comme il a raison ! C'est une évidence mais il a raison, on n'a qu'une chance pour être heureux ou malheureux. Certains choisissent le malheur en se racontant des histoires de joie et de rires, mais vont droit dans le mur, un mur contre lequel ils se sont éclatés à plusieurs reprises et y retournent quand même allègrement, accusant la malchance. Probablement leur enfant intérieur décide-t-il qu'il est bien d'avoir des bleus, d'être un cabossé de la vie.

Chaque jour, des événements extraordinaires se produisent et, la plupart du temps, on ne les voit pas. Mais, là, je t'ai vue.

Et si ta voisine, âgée, ne t'avait pas offert sa place ? Et si tu avais préféré te rendre à un spectacle différent ? Et si tu avais eu autre chose à faire, ce dimanche-là à 17 heures ?

Et si l'ouvreuse ne t'avait pas assise au deuxième rang ?

Et si, en entrant sur scène, j'avais été un peu plus concentré sur mon texte ?

Et si mes yeux ne s'étaient pas fixés, comme d'habitude, sur le panneau lumineux « Sortie de secours » situé au fond de la salle ?

Et si mon regard ne s'était pas alors, ensuite, posé sur toi ?

Et si ta beauté n'avait pas accroché mon œil comme un ballon d'enfant au bout de sa ficelle ?

Dans les bureaux du hasard, Mme Frontini, secrétaire fidèle et zélée, a appuyé sur le bouton rouge. Le bouton qui m'a fait devenir spectateur de toi alors que c'est toi qui aurais dû l'être de moi. Un mécanisme ingénieux placé dans le sous-sol du théâtre s'est insidieusement mis à inverser les rôles et, doucement, sournoisement, la scène est devenue la salle. Pour un peu, c'est moi qui t'applaudissais à la fin.

Et si mon œil n'avait pas été attiré par un éclat de ta lumière, comme ce miroir avec lequel un enfant joue afin d'en éblouir un autre ?

Nous sommes donc, toi et moi, le résultat d'une somme de hasards. Je bénis le « si » qui nous a fait nous rencontrer, jolie note en bémol, fausse note en dièse qui, aussi, nous a séparés.

Ce « si » qui a décidé que, sur cette scène, c'est à toi que je voulais plaire le plus au monde. Ce « si » qui a fait que, parmi les 1 567 spectateurs réunis au théâtre, une seule et unique petite lumière m'a guidé dans cet incroyable dédale de circonstances.

De ton côté, tu as mis du temps à comprendre que c'était à toi que s'adressaient mes signes. Quand tu as compris, j'ai su, à 18 h 45 quand le public a applaudi, que je me fichais du claquement de ses mains mais pas du clignement de tes cils... Ce clignement complice me faisait l'effet du tintement d'une clochette : « Pourvu qu'elle ait compris que c'était pour elle, et elle seule, que j'ai joué. »

Épisode 1

Je ne connaissais rien de toi, ne savais pas que tu allais me rendre heureux, impatient, généreux, désespéré, apaisé, agité, me faire souffrir aussi.

Pour le moment, tu étais l'inconnue aux cheveux blonds ondulés, aux yeux peut-être verts ou bleus voire les deux, au sourire blanc, que j'ai vainement cherchée à la sortie des artistes entre deux selfies et trois autographes.

Et le doute – cet invité permanent – s'est immiscé. Bien installé dans son fauteuil, aussi à l'aise que s'il était chez lui, les pieds sur le siège, il m'a lancé entre deux bouffées de cigare : « A-t-elle vraiment compris qu'elle te plaisait, mon ami ? »

La suite a prouvé que le doute s'installerait en moi à jamais, il m'a offert des « Pourquoi ? », des « Tu m'aimes ? », des « Ne me quitte pas », des « Tu me rappelles ? », des « Et si on ne faisait rien ce soir ? ». Mais rien de ce que je viens d'écrire entre guillemets je ne le savais. De la même façon que si je traverse au feu rouge je peux me faire renverser par un conducteur daltonien ou bourré… ou pas.

Et si dans le monde de Mme Frontini, secrétaire fidèle et zélée du hasard, redisons-le, j'avais osé t'aborder dans la rue pour te dire : « Bonjour mademoiselle. Vous êtes née le 5 avril. Parfois vous allez m'appeler Moumoune, Titi, Kikinou : sobriquets ridicules ! Vous détestez les souris, les bonbons à l'anis et à la réglisse. Un jour vous me gronderez parce que j'oublierai de ranger l'assiette de fromage dans le frigo, parce que je n'enlèverai pas mes baskets quand j'entrerai chez vous. Je sais aussi que le matin vous mettez du temps à émerger, que vous avez un tatouage dans le dos, que vous aimez le Saint-Nicolas de Bourgueil, que vous adorez acheter des manteaux et que, dans quatre mois, nous allons partir en week-end en Corse » ?

Probablement l'autre toi-même m'aurait giflé.

Mais, pour le moment j'ignore si nous allons nous revoir un jour.

Épisode 2

Un premier baiser, c'est une nouvelle langue que l'on apprend

Messenger

16 mars, 8 h 13

Elle

« Bonjour je me trompe ou bien, hier soir, vous avez imité mes attitudes ? »

17 mars, 00 h 30

« Vous n'avez pas eu mon message ? »

18 mars, 9 h 34

Lui

« J'espérais beaucoup recevoir votre message, je ne suis jamais sur Facebook, pardon. Oui ! C'était comme si j'avais entendu vos pensées. »

Elle

« J'avais la même intuition. Merci, je suis flattée. »

Lui
« Il faut croire que les yeux parlent parfois plus que le reste. »

Elle
« J'espère vraiment vous revoir. »

Lui
« Ha ha ! Ça tombe tellement bien, nous avons déjà un point commun... »

Nous nous sommes vus à Paris. Le hasard avait une robe rouge, des cheveux mi-longs, des yeux clairs, l'accent indéfinissable d'un pays qui n'aurait pas de nom, un prénom avec deux points sur le *i*, un métier, un parfum, une voix claire et un rire de ruisseau. Il est devenu une réalité. Moi qui ne l'appréciais jusqu'ici qu'en rêve, je pouvais ouvrir les yeux.

Ce hasard me plaisait de près comme il m'avait plu de loin. Une sorte de courant d'air faisait voyager mes phrases et me renvoyait les siennes dans un aller-retour, un voyage en première classe, un courant frais avec des paysages qui défilent et qu'on n'a jamais vus, un visage nouveau, une conversation où l'on ne dit pas la moitié de ce que l'on pense. « Oh les jolies mains qui tremblent un peu ; oh ses lèvres parfaitement dessinées ; tiens ce petit tic de ramener ses cheveux derrière l'oreille, ça fait deux fois ! » Je gardais pour moi ces compliments et laissais ma mémoire trier les belles images, afin de les consulter lorsque je serais seul.

Elle était le printemps, moi l'automne, mais la saison que nous avions choisie n'avait pas de nom. Il y faisait beau, nos paroles étaient des oiseaux qui s'envolaient ou se posaient sur nos épaules, parfois partaient loin et ne revenaient pas, suivies de silences qui n'en étaient point et du désir de la prendre dans mes bras, qui m'aurait fait passer pour un dément.

Quelle chance pour moi, habitué à me voir si imparfait lorsque je me regarde dans le miroir ! Quel délicieux privilège que celui de rencontrer une belle femme, cadeau que seuls les « moyens beaux » qui lisent ces lignes peuvent comprendre !

Quelle délicieuse promenade et quelle faveur que d'être le seul visiteur de ce musée mouvant, quel tableau plein de surprises et de détails aussi ! Depuis, je voudrais ne vivre que des premières fois. Mais comme nous n'avons pas pu nous arrêter là, nous avons inventé des dizaines de premières fois, des dizaines de surprises et de découvertes l'un de l'autre, avec le même bonheur que celui de visiter un jardin extraordinaire et ensorcelant.

ELLE
« Je suis rentrée chez moi, encore merci pour tout. »

Épisode 3

Train, avion, bus, taxi… le transport en commun le moins sûr, c'est l'amour

Elle

Enfin posée place 111, j'ai failli rater le départ du train. Comme toujours.

Assise, je peux enfin me poser les questions laissées en suspens dans le tourbillon de notre rencontre et de nos échanges.

Et s'il n'était pas celui que j'ai imaginé ?

Et s'il n'y avait eu personne au rendez-vous ?

Et s'il s'était moqué de moi ?

Et si je n'étais qu'une parmi d'autres ?

Et s'il ne m'avait pas plu ?

Ma conversation a-t-elle été à la hauteur de ses attentes ?

Mes mains tremblaient, j'espère qu'il ne l'a pas remarqué.

La réalité, comme sur un tableau d'écolier, a effacé d'un geste d'éponge mouillée mes doutes et mes méfiances.

J'ai senti un parfum à l'ambre et au musc, j'ai détaillé ses mains soignées et fines, je suis remontée à ses yeux rieurs et me suis sentie en terrain familier.

Il m'a seulement fallu quelques minutes pour me sentir avec lui dans une intimité troublante.

Rien de ce que j'avais imaginé ne s'est produit.

Si, peut-être, l'étreinte, qui ressemblait à un geste d'amour mais n'en était pas.

Ou ce baiser, qui ressemblait à un baiser d'amour et n'en était pas.

Ou cette douceur, qui ressemblait à une caresse d'amour et en était presque une.

Nos corps ont joué la comédie de l'amour, mais sans le vertige qui va avec. Nous avons continué à réfléchir tandis que nos bras se mêlaient. Mais à réfléchir au ralenti, au fur et à mesure que nous lâchions prise, que les cordes qui retenaient le bateau chutaient dans l'eau et le suivaient comme des serpents fidèles une embarcation.

Je me suis sentie unique et j'avais besoin de ça. Je me suis sentie désirable aussi.

Étourdie, je pose ma tête contre la vitre et me laisse bercer par le roulis du train, par les voix inaudibles crachotées par les enceintes mal réglées du wagon. Je ferme les yeux afin de tout revoir nettement.

Épisode 3

Je me demande si le temps passe différemment pour un prisonnier en cellule. Mais quelle étrange idée de penser à ça ! Est-ce parce que ce que j'ai vécu ressemblait à une vapeur d'alcool coupable sur laquelle je continue de flotter ?

Le reverrai-je ?

Un sommeil de voyage m'emporte en même temps que mon corps se déplace à 257 kilomètres à l'heure. Avant de sombrer ma main tâtonne.

J'ai oublié mon écharpe dans sa voiture.

Épisode 4

Ton parfum flotte encore dans la chambre. Je suis ravi de ne pas savoir nager

L'amour vient.

Il s'invite chez moi sans que je le veuille. Il m'envoie des photos et des parfums, des cartes postales et des images. Il se croit chez lui, mais de quel droit, alors que cette maison est la mienne, vient-il se poser ici comme un chat, entre elle et moi ?

Il s'installe dans la chambre et laisse traîner ses affaires partout. Il froisse les draps et abandonne l'empreinte de ton corps sur le tissu. L'oreiller où tu as dormi soupire de ton absence.

L'amour s'infiltre dans mes pensées et projette un court-métrage où tu es assise dans un jardin qui ressemble au mien, les yeux fermés, t'offrant au soleil. C'est tout. Et cela suffit pour que tu me manques déjà. Cela suffit pour que le soleil, sans toi, soit une ombre.

Je n'ai rien entendu, rien vu, mais je sens sa présence. Il me frôle et je perds la tête devant le manège qui tourne face à moi.

Ne pas lui avouer, ne rien lui dire pour ne pas l'effrayer.

En la raccompagnant à la gare, une voix qui ressemble à la mienne lui a murmuré : « Je t'adore. » Et elle m'a surpris, cette voix comme venue d'ailleurs. J'en ai honte, car elle a joué à la roulette alors que la petite boule aurait pu ne pas tomber sur le bon numéro, et moi tout perdre. Mais tu as tourné le visage vers moi et dit : « Moi aussi. »

Est-ce parce que tu es bien élevée ? Est-ce parce que tu le pensais ? Gentiment, tu as pris ma main. Tu aurais pu l'emporter, si tu avais insisté.

Mais voilà le doute qui s'installe. Décidément ça fait du monde.

Je le redoute, le doute.

Je me sens fragile alors qu'il y a une heure j'étais sûr de moi, détaché. Il y a une heure je disais n'importe quoi, je riais en imitant ton accent et maintenant je me demande si cela ne t'a pas blessée.

« Au revoir, rentre bien. Tu veux que je t'accompagne sur le quai ? »

Une fois seul, je regarde mon téléphone comme s'il était un complice et je mets la radio. Qu'elle est con cette chanson d'amour ! Comment peut-on chanter des inepties pareilles ? Comment peut-on être aussi naïf ? Il y a vraiment des gens qui achètent ça ? Comment frissonner sur des paroles aussi simplistes ?

Épisode 4

De nouveau, je regarde mon téléphone…

« Tiens, elle a encore oublié son écharpe. C'est la deuxième fois… »

Je l'aime bien cette chansonnette.

Épisode 5

Dîner en amoureux

C'est un délicat goûter
vos yeux pastel à croquer
ils sont en amande glacés
Deux bonbons sucrés

Et nos baisers à l'anis
Sont l'avant-goût, l'esquisse
Des délicieux supplices
Desquels vous êtes complice

Votre gorge vanille
Que mon souffle émoustille
Que mes lèvres déshabillent
Qui se soulève et vacille

Votre phénix acidulé
Dont la saveur sucrée
Attise mon avidité
Douceur tant convoitée

Vos lèvres câlines
Où ma langue butine
Framboise libertine
Roses sans épines

Le caviar de votre peau
Délicieux de bas en haut
Gardez les yeux mi-clos
Mes doigts jouent du piano

Ô, comme j'aime à l'envi
Vous savourer ainsi
Vous êtes vraiment le fruit
De mon amour infini.

Épisode 6

L'amour est aveugle et sourd, quel handicapé de la vie celui-là !

Est-ce que je deviens bête ?

Je sais qu'il faudra patienter quinze longs jours avant de nous revoir mais je me suis surpris à attendre sans penser, à rester immobile comme une statue de jardin public inutile. Je sais que le temps passe, je regarde la petite aiguille de ma montre et vois qu'elle suit sa course, disciplinée comme un soldat, mais aussi qu'elle ne m'apprend rien de nouveau. Elle me rapproche de toi mais tourne en rond. Comme moi en ce moment.

Je suis toujours fasciné par le spectacle des fous qui font la circulation aux carrefours ou par ceux qui agitent les bras sur les trottoirs en hurlant ou monologuant. Forcément, dans leur esprit quelqu'un doit répliquer pour qu'ils soient autant en colère.

Personnellement, je ne suis pas en colère. Mais en attente. En sommeil. Ma vie sans toi devient insipide. Il ne me sert à rien de choisir cette chemise ou ce pull puisque je ne veux plaire à personne d'autre.

Ça y est, je suis barjo. Et je ne vaux pas mieux que ces types… qui me fascinent et me font peur en même temps.

D'ailleurs, j'en viens à inventer des dialogues, des conversations. Si j'étais barge, à mon tour j'agiterais les mains, je rirais tout seul. Je danserais même, je ferais mine de te prendre dans mes bras et te ferais visiter tout Paris en t'indiquant les monuments et quartiers qu'une touriste doit connaître. Tout seul, je saisirais ta main invisible pour traverser le pont Alexandre-III. Tout seul, je te dirais de prendre en photo les Invalides. Tout seul, j'irais déguster un thé avec toi et indiquerais au serveur incrédule que tu n'as pas encore choisi ta boisson. Et puis je parlerais fort et rirais, tout seul encore, à la terrasse d'un café. Les passants se tourneraient vers moi d'un air ahuri et effrayé.

Si j'étais fou…

Mais je commence à l'être sans toi qui est repartie dans ta ville, je le sens bien.

Face à la fenêtre de la chambre qui donne sur le jardin, le marronnier centenaire me fait des signes de branches. « Apprends la patience Élie. Regarde-moi : j'ai attendu des centaines de printemps pour être aussi fort. » Mais je m'en fous, ce que je veux, c'est te revoir. Il y en a pour qui le temps passe vite, pas pour moi aujourd'hui.

À croire que je suis un prisonnier, comme l'arbre englué dans cette ville. Faire comme lui ? Avaler un somnifère pour ne plus sentir le béton armé pointer sur ma tempe la douce et implacable caresse du canon de l'amour ?

Épisode 7

Tu es si belle et moi si laid.
C'est ce qu'on appelle
un couple mixte

J'aime te regarder te préparer le matin
Dans la salle de bains.
C'est ta loge à toi,
Tes coulisses
Avant ton entrée en scène.
Je suis assis sur le rebord de la baignoire,
C'est là
Mon carré VIP.
J'assiste
Aux répétitions.
Je me fais tout petit.
Je suis assis à côté du savon et du shampoing
Et tous les trois,
Comme des enfants sages, propres et bien peignés,
En silence et en ordre,
Nous nous délectons d'assister à ton rituel matinal.
Un trait noir sous ton œil,
Un peu de fard sur tes joues,
— Ça suffit, j'en rajoute pas ?

— Je mets quoi comme boucles d'oreilles ?
— Le rouge à lèvres, c'est trop ?
Si je devais donner mon véritable avis,
ce serait :
« Reste ainsi. Ton visage un peu chiffonné du matin, je l'aime.
Tu ressembles à une petite fille boudeuse. »
Mais je dis le contraire.
Je donne mon avis
Comme si j'étais concerné par cette affaire sérieuse.
Fourbe et prudent.
Car, personne dangereuse,
Tu pourrais me sauter au visage si tu savais mon propre maquillage sournois.
Moi, je te trouve jolie au naturel.
Mais je fais semblant de prendre un air inspiré
pour ne pas te dire que, à mon goût, tout ce barbouillage est inutile.
Sinon tu vas te mettre en colère.
Comme tu me plais
Pas tout à fait habillée,
Pas tout à fait maquillée,
Pas tout à fait réveillée !
J'ai envie de te caresser,
De te toucher,
De te prendre dans mes bras.
J'ai envie de vandaliser ton maquillage,

De te décoiffer,

De saccager ton rouge à lèvres,

De retirer ce machin en dentelle que je n'ai même pas réussi à agrafer.

C'est comme cela que je t'aime :

Quand tu es en coulisses,

Quand tu n'es pas aux autres,

mais juste à moi.

Enfin je crois.

Car pour qui te fais-tu belle ?

« Plaire, toujours plaire, quelle déchéance… », écrivait Albert Cohen, sage maxime qui s'applique à toutes les circonstances de la vie.

Alors, à quoi sert de plaire aux autres puisque je suis le seul homme au monde que tu désires ?

Tiens, cette mascarade me rend un petit peu jaloux.

Je suis envieux de la bouffée de parfum qui va rester jusqu'au soir dans ton cou,

Du rouge à lèvres qui t'embrasse sur la bouche,

Du crayon noir qui rend plus bleus tes yeux lavande,

Du tissu de soie noire qui défend ton trésor.

Je quitte la salle de bains pour aller bouder dans le lit.

Au fond, ça ne me plaît pas que tu sois aussi belle.

Mais je ne te le dirai jamais…

Épisode 8

Quand je suis avec toi, je suis avec les deux personnes que j'aime le plus au monde

Te voici de nouveau. Ton train arrive à 19 h 13, moi je suis en avance. J'attends depuis quarante-cinq minutes dans ma voiture, me suis aspergé du parfum que tu aimes, en ai trop mis, ai toussé. J'ouvre la fenêtre.

Le train dégueule ses voyageurs. J'ai enfoncé une casquette sur ma tête : je n'ai pas envie que quelqu'un me reconnaisse et gâche le plaisir de t'embrasser sur le quai. Je veux être un amoureux lambda qui enlace son amie en ouvrant les bras avec l'air idiot et ravi qu'ont tous les amants idiots et ravis, ceux qui s'empressent de prendre la valise de leur amoureuse dans la main gauche et la main de celle-ci dans l'autre.

Je voudrais que l'on me foute la paix dans ce moment important et intime des retrouvailles. Je voudrais être seul et que, d'un claquement de doigts, le monde autour disparaisse, que tu sois la seule à descendre du wagon, qu'il y ait, comme dans les films, de la fumée autour de la locomotive, que tu surgisses comme par magie alors qu'un orchestre à cordes, sur le quai, jouerait la musique de *La Femme d'à côté* de Georges Delerue.

Au lieu de ça, je vois un type qui joue si mal du piano que ses fausses notes m'agressent.

Je reconnais ta silhouette et ta démarche entre toutes. Ton pied droit part un peu en dedans, on dirait que tu danses quand tu marches. Tu es celle qui a un bonnet blanc et un manteau long. Tu ne m'as pas vu, je regarde qui tu es quand tu ne me penses pas là… Tu n'as pas le même visage. Il est moins vivant que d'habitude. Tu le tournes à droite, à gauche, tes traits sont un peu plus durs, entre impatience et incertitude. Dans quelques secondes, tu composeras mon numéro, mais je me délecte d'observer l'inconnue qui scrute la foule. Encore un peu de cruauté ? Je t'épie, caché derrière la machine qui délivre les billets, moment drôle et inquiétant puisque tu n'es pas tout à fait celle que je connais. Tu ressembles donc à cette femme soucieuse quand je suis sans toi ?

J'apparais, je te souris. Tu as compris que j'ai fait exprès de t'inquiéter et ne trouves pas ça amusant. Quel con, j'ai gâché nos retrouvailles. J'essaye de me justifier en prenant un air de petit garçon, mais c'est raté. Heureusement, tout de suite nous nous enlaçons comme deux sots radieux.

Dans la voiture nous parlons. Nos mains se joignent durant le trajet. Elles se fichent bien, elles, de ce que nous disons. Elles ont autre chose à faire que des mauvaises surprises, elles se caressent, se serrent, changent de position, se parlent mieux que nos paroles, vont à l'essentiel.

Toi tu babilles comme un oiseau. Je n'entends qu'un gazouillis tandis que mes pensées vont et viennent. Je me demande ce que j'ai fait de bien pour être aussi heureux. Je pense à notre arrivée à la maison, au bouquet de fleurs que j'ai eu l'impatience de t'offrir dans la voiture et qui sommeille sur tes genoux, au thé que nous boirons et à l'amour que nous allons faire.

« Tu m'écoutes ?

— Oui, oui…

— Alors qu'est-ce que je viens de dire ?

— Que ton petit frère avait raté ses examens ?

— Pff tu ne m'écoutes pas, donc… je m'en doutais. Non, au contraire il les a réussis… Parfois on dirait que tu ne penses qu'à toi, tu te fous de ma vie je crois. »

Non c'est faux, injuste. Car je suis là, présent, en train de penser à nous, au plaisir de te revoir. Mais c'est vrai que je me fous un peu des examens de ton petit frère. Comment peuvent-ils avoir plus d'importance que le soleil du jardin, le thé, nos affaires en désordre au pied du lit, nos baisers ?

Bientôt je ne pense plus à ce reproche – et toi non plus d'ailleurs. Il s'envole par la vitre ouverte de la voiture qui file. Mais c'est la deuxième fois, depuis ton arrivée sur le quai, que je découvre chez toi un visage que je ne connais pas…

Épisode 9

La nuit, je rêve que je n'arrive pas à dormir

Nous n'avons ni le même sommeil ni le même réveil. Je m'endors vite, toi non.

Tu es du soir, moi du matin. J'ai l'énergie d'un régiment d'infanterie : seul, j'écris, je m'agite et j'ai le temps de faire, entre 7 heures et 10 heures, mille choses aussi utiles que très inutiles.

Je dors peu, toi, longtemps, il nous faut trouver un compromis de la nuit, une concession du soir.

Souvent, je me dépêche de me mettre au lit avant toi afin d'être aux premières loges pour te voir, dans la salle de bains, finir de te démaquiller.

« Les cotons sont dans le tiroir du bas et le démaquillant devant toi. »

Comme tu ne trouves jamais comment éteindre les lumières de la salle de bains et que je suis ton meilleur public, j'applaudis et ris à ce passage pourtant assez banal – et plutôt mal écrit –, mais interprété de façon magistrale. Mon actrice principale fait cliqueter les interrupteurs à plusieurs reprises et enrage de se tromper, elle qui allume puis éteint aussi les lumières de la chambre. Le public est satisfait mais attend impatiemment la suite.

Vient le clou du spectacle. Il te faut passer de la cour au jardin en tenue de peau, afin de choisir le tee-shirt que tu enfileras pour dormir. Bien inutile puisque tu vas le retirer rapidement, attendu que je suis, semble-t-il, un « radiateur humain ». Je fais mine de ne rien voir mais ne perds aucune miette du dîner visuel que tu me sers et dont je ne me rassasie pas. Je te trouve belle, toi, non. Tu voudrais même que je regarde ailleurs. Hélas pour toi, il n'y a strictement rien d'intéressant au programme.

Vient alors le moment où tu te faufiles entre les draps et où j'apparais indispensable au réchauffement climatique de notre planète Tissu.

Aux prémices de nos nuits, tu aimes mais, vite, je suis encombrant et presque brûlant. Me voilà donc repoussé rapidement aux frontières du lit, migrant de la nuit rejeté vers le mur des lamentations nocturnes où ma prière serait de dormir entre tes bras.

Avant que le sommeil ne me prenne il me faut trouver ta main sous les draps, puis je m'endors avant toi, comme pressé de retrouver des rêves où tu seras encore.

Épisode 9

Le lendemain matin, réveillé en quelques secondes, je discerne le mouvement de ton dos soulevé par une respiration régulière. Je n'ose pas bouger mais crève d'envie de te caresser. Comme j'ai déjà subi des remontrances qui ont refroidi mes ardeurs à ce sujet, la peur du gendarme m'incite à rester figé. Il est 6 h 35, l'alarme de ton téléphone sonnera quatre fois avant d'arriver à t'arracher au sommeil de plomb qui est le tien.

Sans faire trop de mouvements, je saisis mon téléphone… et t'envoie un SMS afin qu'au réveil tu puisses me féliciter parce qu'à la fois j'écris bien et t'aime beaucoup. Mais avant la récompense tant attendue s'écouleront au moins deux heures.

Après avoir écrit un poème dont les mots me semblent plats et mal choisis, je vais préparer un petit déjeuner.

Merde, je fais tomber les couverts.

Et la théière fait un bruit d'aspirateur.

Je reviens à pas de chat dans la chambre pour savoir si je t'ai réveillée et vois une masse de cheveux sur l'oreiller.

Tu sembles immobile cette fois. Oui, je t'ai réveillée.

Vient l'heure où tu rejoins le monde des vivants. Je pose un baiser sur tes lèvres fermées baignées de nuit et te vois revenir doucement à la vie, sourire, humer l'odeur du pain grillé et le parfum du thé fumant.

Alors naît ma récompense. Avant que tu te lèves totalement, je me reglisse dans les draps afin de retrouver ta chaleur, ton corps nu et engourdi, ta mauvaise humeur bougonne du matin.

Oui, pardon, j'ai les pieds froids, les mains baladeuses et glaciales aussi… Mais tu m'aimes ? Tu as rêvé de quoi ? Est-ce que tu as bien dormi ? Qu'est-ce que tu penses de ce petit poème ? Est-ce que tu as faim ? Ah, tu trouves que je parle trop fort ?

Le matin, je suis vraiment un emmerdeur.

Épisode 10

Le jour où je t'ai rencontrée… heureusement que j'étais là

Je ne dois pas être habitué au bonheur parce qu'avec lui je me sens aussi maladroit et gauche que si j'étais obligé de danser nu devant mon public.

J'ai, bien sûr, entendu parler de lui. Je sais en donner, je sais faire rire des salles entières, j'ai vu des films qui en parlaient, lu des livres qui abordaient ce thème intrigant, observé des tas de gens le chercher. J'en ai vu le boire, le sniffer, le manger, le consommer, lui courir après, le méditer, l'écrire, le vendre, y croire, le fumer, se le mettre dans les veines, maigrir pour lui, engraisser pour s'en envelopper, le saler, le poivrer, le mettre en bouteille, le faire pousser, l'avaler en comprimés, le baiser, l'acheter à prix d'or, le glisser au poignet, le gagner au casino, le perdre dans la minute, se battre pour le ressentir, tuer pour le vivre.

Mais je crois ne jamais l'avoir vraiment connu. Je veux dire longuement et personnellement. Or il s'est invité avec toi ! Toi, tu sais l'accueillir. Comme tu te montres plus simple que moi lorsqu'il apparaît, les contacts avec lui se font plus spontanément, à la bonne franquette. Si bien que tu trinques avec lui et que vous partagez ensemble les vapeurs d'alcool. Quand moi je n'arrive pas à y tremper mes lèvres.

Le bonheur, tu me l'as pourtant présenté. Il est dans ton sourire, dans ton admiration pour moi. Dans les compliments auxquels je ne crois jamais parce que je suis un imposteur. Dans l'amour qui te fait certainement voir en moi un autre homme. Au moins sommes-nous atteints tous les deux par ce mirage. Alors je te crois.

Le bonheur est bon camarade. Boire un thé avec lui dans un jardin au soleil suffit à son bonheur. Se promener en forêt à son bras sans paraître trop ordinaire, se réveiller le matin à ses côtés, s'autoriser des sourires bêtes, satisfaits et béats – oui les trois en même temps – aussi. Car le bonheur ne jugera pas, il sera content pour vous.

À ton contact, je l'ai vu partout. Je l'ai aperçu ce matin où tu as relevé tes cheveux pour te faire un chignon à l'aide d'un crayon à papier. Je l'ai découvert dans ta main quand elle cherche la mienne lorsque nous allons au théâtre. Je l'ai décelé dans ton regard muet quand tu pensais que je ne te voyais pas m'observer. Je l'ai entendu dans tes éclats de rire quand je te fais rire aux éclats. Je l'ai senti sur ma peau quand tu te serres dans mes bras lors de nos retrouvailles. Je l'ai même mangé, le bonheur, tous ces soirs où tu inventes un plat avec trois courgettes, une aubergine et un filet d'huile d'olive.

Le bonheur est sympa aussi. Avec lui, il est autorisé de dire des bêtises, de ne pas être intelligent ou grand philosophe. Tout l'intéresse car il aime le vrai. Il est franc, sincère, pas chiant du tout. Nous l'avons, toi et moi, emmené à la plage et même à New York. Il sait nager. S'il parle très mal l'anglais, pas grave, il n'est en rien susceptible : on peut se moquer de lui, il ne le prend pas mal. Nous étions à ses côtés au soleil, où il a pris ses plus belles couleurs.

Quand j'y repense, des frissons de lui me parcourent. Des frissons de joie si intenses que je me surprends à sourire seul, du sourire de satisfaction qui illumine un jardinier lorsqu'il voit une fleur éclore.

Il est vrai, encore, que le bonheur est moins captivant à raconter que son frère le malheur, mais le simple fait de le décrire, de le raconter, de l'évoquer est en soi l'une des récompenses de la vie. Une médaille en chocolat qui fond au soleil, dont on se met plein les doigts en s'en foutant parce que c'est trop bon.

Le bonheur, au fond, vient à plusieurs. Il y a le bonheur quand tu te déplaces pour me voir jouer, quand je t'attends une heure dans la voiture, celui lorsque je me prépare pour te plaire, celui qui se gare en double file parce que je fonce t'offrir un cadeau, celui que je savoure sur mes lèvres, celui quand je ne vois plus le temps passer, celui de se sentir un simple imbécile, celui de mélanger nos amis, d'accepter que tu te moques de moi. Le bonheur a le même nombre de lettres que « je t'aime » et il n'y a pas de hasard.

Moi, petit Élie de onze ans épuisé de chercher le bonheur depuis que ma mère a disparu je ne sais où, je l'ai vu en vrai : c'est toi.

Épisode 11

Je n'ai toujours su compter que jusqu'à toi

Tout le jour, l'hiver, la nuit ou l'été,
Combien de temps j'ai passé à te rêver ?
J'étais grisé de toi comme d'alcool,
Tout le jour, je buvais tes paroles.

Ton parfum flottait comme la rosée,
Des vapeurs dont je voulais m'enivrer,
Ton prénom sur le bout de ma langue
Me donnait soif, me laissait exsangue.

De notre bonheur j'ai fait le deuil
J'ai mis du noir en un clin d'œil
Il y a cent feuilles mortes dans mon cahier
Oseras-tu un jour m'aimer ?

Mais si vite elle vient, la saison des pluies.
Toi c'était : plus je m'approche, plus je fuis.
Mon cœur m'avait pourtant bien prévenu :
Je cherche ton chemin éperdu.

Tout là-bas, la Seine coule comme un noyé
Je regarde notre histoire s'immerger.
Impuissant, sous l'averse, le gris de Liège
Ô ta peau, c'est comme caresser la neige.

De notre bonheur je fais le deuil
J'ai mis du noir en un clin d'œil
Y a cent feuilles mortes dans mon cahier
Oseras-tu un jour m'aimer ?

Même si entre nous tout semble aller bien, je cherche à savoir si cela pourrait tourner mal. Alors je doute, je t'interroge sur tes sentiments, tes sensations de nous deux. En prenant soin de travestir les questions, de les déguiser pour qu'elles semblent anodines, je pose sur elles un chapeau pointu et un nez de clown. J'invente même le personnage de Béatrice, une assistante italienne qui connaît si bien Élie qu'elle te fait confidence de ses tourments. Toi, tu joues le jeu et tu lui parles comme si elle était ton amie. Plus tu ris, plus tu te prends au jeu, plus je suis inspiré. Et j'obtiens toutes les informations que mon cœur inquiet veut savoir.

Comme tu deviens mon meilleur public, je mets tout mon talent d'acteur à interpréter Béatrice. Ou Bruno, mon ami homo. L'objectif ? Te dire sans cesse combien Élie est quelqu'un de bien qu'il faut aimer à tout prix. Qui a pensé à une surprise pour toi mais qu'il faudra que tu fasses semblant de recevoir en étant étonnée. Mon imagination se montre sans bornes et plus tu ris, plus je deviens un autre.

Au fond, je veux être sûr que nous sommes sur le même bateau... celui qui va couler un jour.

Je m'interroge, je me mets même en garde à vue. D'autant que j'ai du temps pour penser puisque, souvent, des kilomètres nous séparent. Mon cerveau bouillonne, va dans mon sens, aide diabolique pour tout mettre en doute, pour alimenter les éléments de ma torture. Et comme nous sommes généreux, lui et moi t'en faisons profiter.

Fréquemment de vilains rêves viennent me prévenir d'un danger imminent. Je te vois par exemple dans les bras d'un autre lors d'une soirée où je ne suis pas accepté. Quand le cauchemar s'évapore, la réalité me secoue en disant : « Demande-lui au moins ce qu'elle a fait hier soir, on ne sait jamais. » Et le doute ajoute : « Mais si c'était vrai ? » Jaloux obsessionnel ? Pas du tout, mais le rejet – ou l'idée du rejet – me rend triste, me propulse dans les abysses, m'embarque dans une machine à remonter le temps.

Me voici à onze ans, sur les genoux de mon père. Qui m'annonce, avec toutes les précautions de l'adulte pensant que son enfant n'a pas compris, et toutes les difficultés et maladresses à oser formuler l'impensable, que sa maman est morte. Une question s'imprime en moi comme un tatouage : « Pourquoi ? »

Si les grandes personnes savaient combien les enfants ont une intelligence émotionnelle supérieure à la moyenne ! Pourquoi, une fois adulte, oublions-nous ce que nous avons ressenti ? Usons-nous d'une supériorité factice qui fait mentir aux enfants, alors qu'eux comprennent la vérité ?

Évidemment tu n'es pas concernée. Tu ne connais pas la mort. Elle ne s'est pas personnellement occupée de ta famille, n'a pas décidé qu'elle ferait de toi sa meilleure cliente, et tu n'as pas une coupure qui saigne en permanence.

Bien sûr aussi, c'était il y a longtemps. Mais sache que le regard d'enfant que tu aimes en moi, les jeux que j'invente, la fragilité et la force qu'il t'arrive d'admirer quand tu m'aimes viennent de ce 15 août-là. Un 15 août où la France savourait d'être au cœur de ses vacances tandis que le monde s'écroulait pour moi. Dans mon « Tu m'aimes ? » se cache tout ça. Même si je fais attention à les travestir, à les costumer, dans les huit lettres de cette question il y a ma vie. Et cette disparition. Mais *chuuuut…*

Épisode 12

Son de ta voix, blé de tes cheveux,
rose de tes joues, rouge de tes lèvres,
or de tes yeux : la belle récolte

Héloïse. Un jour, mon prénom reviendra à la mode. Je n'en suis pas responsable, mais je l'aime bien. On l'écrit avec un tréma sur le *i* s'il vous plaît. J'y tiens. Tout le monde l'oublie, ça m'énerve d'ailleurs quand on l'oublie. On n'omet pas le point sur le *i*, on n'oublie pas l'accent aigu ni le grave, alors pourquoi le tréma est-il le laissé-pour-compte des signes diacritiques ?

Ce détail réglé, prenez un portrait de moi dans votre main.

Mettez du blond dans mes cheveux en été et du châtain en automne. Faites couler une pointe de vert et de bleu dans mes yeux. Ils ont une forme d'amande et je fais payer cher celui qui les regarde de trop près. Mon nez semble droit ; j'écris « semble » parce que je trouve qu'il va légèrement vers la gauche, pas vous ? Je l'observe attentivement tous les jours dans un miroir et je le rêverais autrement – comment faire ? Apparemment, je suis la seule à le remarquer, mais je le remarque. Mes lèvres, elles, sont parfaitement dessinées ; rien à dire c'est du beau travail. Elles, je les aime bien. J'ai aussi un beau sourire, des dents blanches et soignées. Si on y regarde de plus près, on voit qu'elles se chevauchent un peu, ce que je déteste. Je me suis renseignée pour y remédier et il faudrait porter un appareil durant un an ; pas drôle et moche. Mes sourcils sont en accent circonflexe, mon visage est rond, ma peau douce, ma voix cristalline. Moins quand je rentre de soirée.

Certains jours je me trouve dégueulasse, grasse et mal foutue, à d'autres moments, ça peut aller. On dit de moi que je suis belle. On le dit. Parfois j'y crois… Objectivement, oui, je suis jolie.

Que manque-t-il à ce portrait ? J'ai une taille que l'on dit moyenne, des jambes fuselées, un ventre musclé, le reste en harmonie. Pour le moment j'ai trente ans mais je sais que ça va changer.

J'ai longtemps eu le cœur scellé, ayant souffert le martyre avec Louis-Bertrand. Ce type, je crois que j'aurais pu crever pour lui. Ensuite le temps me l'a fait voir tel qu'il était : beau à tomber, mais creux, très creux. Comment ai-je pu m'accrocher à ce gars au prénom de serial killer ? La dépendance a duré deux ans. J'ai rêvé d'un amour qu'il a été incapable de me donner. En chacun existent des courants qui ne s'expliquent pas. Mon inconscient avait décidé qu'il était le meilleur. Sans comprendre que c'était pour me faire souffrir et m'interdire d'être heureuse. *Bingo.*

Lui, je l'ai rencontré au moment où j'étais au plus bas. Où je me trouvais nulle, moche, bête, parce que l'autre con m'avait massacrée.

Lui me rassure, me fait rire, me parle comme si j'étais une princesse. Il me rend belle tous les jours, m'envoie des mots qu'aucun homme ne m'a écrits. Je ne sais pas si je l'aime parce que je n'ai pas le temps de me retrouver seule, parce que le tourbillon où il m'entraîne me grise au point que, parfois, je ne peux y réfléchir, mais je sens que je m'ouvre chaque jour un peu plus. J'ai en revanche terriblement peur de souffrir. Peur de me fragiliser, peur de dépendre d'un homme à nouveau. Peur du jugement de mes proches. À cause de notre différence d'âge notamment ; parce qu'il est connu. Peur qu'on nous juge ; peur qu'on me voie comme une arriviste. Peur de lui aussi, parce que, parfois, je ne le reconnais pas. Au début je l'ai cru cynique et détaché, mais maintenant le voilà amoureux transi. Et si c'était factice ? Et si l'histoire n'allait durer qu'un été ? D'autant que je tiens à mon indépendance, que je veux garder mon territoire vierge. Alors, pour le moment je me laisse étourdir. Je me laisse aimer sans avouer que je succombe, que mes défenses tombent une à une. J'accepte ses cadeaux avec une joie immense… mais ne me laisserai pas acheter non plus.

Voilà qui et comment je suis. Le portrait vous convient-il ? Mon métier ? Je travaille dans la mode, je crée des bijoux, je dessine des vêtements, j'imagine des concepts.

L'amour ?

Je ne pense pas être très romantique. J'ai même un esprit rationnel et pratique. Je déteste me répéter, pour moi un mot est un mot. Je rêve aussi de tout contrôler mais, évidemment, ça ne marche jamais.

Voilà, vous pouvez continuer à lire. J'existe un peu plus.

Épisode 13

Tu as écrit : « Tu es l'homme de ma vie. » Je n'aurais jamais dû fouiller dans ton portable

Je déteste le téléphone. Quand tu n'es pas là, je regarde le mien comme s'il était vivant, consultant sans cesse ma messagerie. Quand tu m'écris un son de cloche retentit mais c'est moi la cloche. Je me précipite comme si ma vie en dépendait et réponds comme si ma vie en dépendait. Depuis notre rencontre il y a quelques mois, nous avons échangé des milliers de mots et des centaines de photos et malgré tout j'ai la sensation de ne rien savoir de toi, de ne pas avoir vraiment communiqué.

Ce soir, alors que je sors d'une représentation à Deauville, je fais défiler nos échanges d'un mouvement du pouce et remonte le temps. Je lis des messages d'amour, des « Tu as bien dormi ? », « Je pense à toi, tu me manques », « Je vais faire du sport », « Vivement mercredi », « Tu peux pas avant ? », « Je te rappelle dans 5 minutes », « Tu as fait quoi hier soir ? », « Tu en penses quoi, de ce canapé ? ». Des « Je sais pas quoi me faire à manger », « Moi aussi », des « Et pourquoi pas Marrakech ? », « Tu n'as rien compris, je préfère te l'écrire », « Tu joues où ce soir ? ». Un « Maintenant c'est terminé, j'aimerais rester seule et que tu ne m'appelles plus durant un certain temps ». Un « Ma mère te salue » aussi.

Je remonte encore et m'arrête sur d'autres échanges pour me remettre quelques secondes dans l'état où nous étions. Ce qui n'est pas si agréable, le temps étant passé trop vite et bien des mots n'ayant plus de valeur.

Je sors dans le jardin. Je veux un contact avec le réel, sentir le vent, toucher les feuilles d'une plante. Je pose l'insupportable sur la table.

Mes pensées vagabondent. Elles sautillent, prennent l'air, font des ricochets, plongent et volent.

Et si je le balançais au fond du lac, toutes nos lettres prendraient l'eau. Je rêve qu'une à une, elles remontent à la surface, la couvrant de voyelles et de consonnes. Comme des poissons morts elles flotteraient le ventre en l'air, se mélangeraient pour composer des phrases incongrues. Nos mots d'amour, d'explications inutiles, de réconfort se tiendraient par les courbes pour ne pas se noyer. Ce serait surréaliste. Les phrases perdraient leur sens comme les souvenirs jaunis sur de vieilles photos, les mots se mélangeraient dans l'eau boueuse du lac, bouillie de lettres où plus rien ne répondrait ni ne correspondrait à rien. Je me vois même plonger dedans puis sortir, le corps couvert de mots comme autant d'algues vertes, fatras liquide, solution acide de sentiments, de tourments, d'inquiétudes, de bonheurs aussi. Puis tout s'effacerait, comme tout disparaîtra un jour de nos écrans, lorsque les batteries seront épuisées. Restera-t-il seulement de nos échanges un souffle sur l'eau d'un lac, une vaguelette sur le bord d'un quai ?

J'en suis là de mes pensées quand résonne une cloche. Mon Dieu c'est toi ! Je saisis le téléphone chéri, le regarde avidement. Oui, c'est toi mon amour. Qui me dis que tu penses à moi et que tu as hâte de me retrouver.

Alors je bénis cette invention. Grâce à elle je peux communiquer avec la femme de ma vie et, à la seconde près, elle peut lire mes pensées profondes ou superficielles. Comment faisaient donc les amants autrefois ? Quelle patience ils avaient ? Quelle foi en la poste ? Quelle folie à vivre aussi que ces longs instants sans nouvelles, parfois jours et semaines ! Comment se débrouillait-on pour aimer ou détester ?

C'est chouette les portables.

Épisode 14

Un jour tu m'as dit :
Tu devrais te faire interdire de « je »

ELLE
Ce serait chouette qu'on parle, ce soir.

LUI
Ben, on est en train de le faire…

ELLE
Non, TU as parlé. Pas moi. Je t'ai écouté me parler d'une personne qui a beaucoup d'importance, de ses projets, de sa journée, de ce qu'elle va peut-être gagner ou perdre, des tensions avec son producteur, du texte qu'elle doit rendre dans deux jours et des multitudes de moments tellement passionnants qu'elle vit. Cette personne, c'est toi. Je t'aime, je t'écoute avec attention, je te donne même des conseils. Mais tu ne m'as pas demandé comment s'était déroulée ma journée, par exemple.

LUI

Mais si, j'allais le faire ! Au moment où je te racontais tout ça, je me demandais : « Tiens, comment était sa journée ? » Alors c'était comment ?

ELLE

Ah bah, ça tombe bien ! Juste à l'instant où je t'en fais la demande, on est connectés, c'est fou !

LUI

Tu dis ça ironiquement ?

ELLE

D'après toi ?

LUI

Attends, laisse-moi réfléchir… Oui, tu te fous de moi.

ELLE

C'est chouette d'être avec un homme rapide, subtil et intelligent. Qui depuis cinquante-six minutes parle uniquement de lui, et n'a pas pensé une seconde à chercher à savoir comment j'allais.

LUI

C'est faux : en arrivant je t'ai dit : « Ça va ? »

Elle
Exact ! Et tu as entendu ma réponse ?

Lui
Oui.

Elle
Et ?

Lui
Eh ben… tu as dû dire « oui », parce que j'ai enchaîné sur ma matinée de merde.

Elle
Raté ! Tu avais le choix entre deux réponses et la bonne était « non ». Mais, visiblement, la personne qui compte le plus ici, ce soir, c'est toi. Et c'est la raison pour laquelle je voulais te signaler que tu n'étais pas tout seul.

Qui de nous deux est le plus égoïste ? Quand il s'agit d'étreintes nous sommes les meilleurs amants du monde, plus forts que le béton armé d'une prison, plus unis que la branche et la tige, uniques, fusionnels. Mais dès qu'une querelle intervient, un gouffre d'incompréhension s'ouvre sous nos pieds. Et nous glissons sur une pente dangereuse pour savoir qui a raison ou tort. J'essaye de garder mon calme et de faire profil bas, sinon j'attiserais ton volcan. Je m'excuse et vais dans ton sens parce que je n'aime pas les disputes. Mais, près de l'âtre, les braises attendent de s'enflammer.

LUI

Oh je suis désolé, c'est vrai que je n'ai pensé qu'à moi. Viens dans mes bras et raconte ce qui ne va pas.

ELLE

Non, trop tard. J'ai plus envie de te dire quoi que ce soit. De toutes les façons, tu vas oublier et tu t'en tapes !

LUI

Mais non, je te jure que je ne m'en fous pas !

En fait je n'ai pas du tout envie de parler, j'ai envie de toi. Je te trouve désirable en colère. Je te désire quand je sais qu'il sera difficile de briser ton armure, quand commencera entre nous un combat de caresses et de massages. Mais, triste, tu n'es absolument pas sur cette longueur d'onde et gardes en toi la frustration de ne pas être vraiment toi-même. Tant pis, tu raconteras tout à ta sœur ; elle, elle peut comprendre, moi, non. De nouveaux petits cailloux pour nous empêcher de bien marcher ensemble.

Croyant bien faire, n'écoutant que mon désir, je te prends dans mes bras. « Ne nous tourmentons plus, regarde comme je t'aime ! »

« Tu es tendue ? Je vais te masser. Tu me dis toujours que mes mains sont douces. Oublions cette dispute s'il te plaît. Oui je suis égoïste, oui j'ai senti un abîme entre nous l'espace de quelques minutes mais ça va mieux, embrassons-nous s'il te plaît ! »

Je fais tomber ma chemise au pied du lit. Elle rejoint ta robe. Mais leurs couleurs ne se marient pas.

Épisode 15

Je finirai dévoré par les vers.
C’est ma faute, j’ai passé ma vie
à en faire

Je voudrais t'écrire comme si je jouais d'un instrument. Pour que mes mots te touchent comme si chaque lettre était une note de musique. Je voudrais atteindre la perfection et composer une musique de chambre, la nôtre. Pour que mes paroles s'envolent du sol au plafond et se mélangent en harmonie, deviennent uniques. Je serais alors le seul homme possédant le pouvoir magique de t'emporter comme si tu te trouvais dans une salle de concert, le seul homme bénéficiant de l'exclusivité de ton cœur, le maître d'un orchestre intime qui ne jouerait que pour toi et te ferait entendre une musique jamais entendue. Un Mozart du pauvre, de poche ou d'oreille, que tu porterais en bijou précieux et qui ferait l'admiration de tous.

« Oh c'est beau ! tu l'as eu où ?

— C'est personnel, quand je suis seule, je l'admire, je le lis, je l'écoute et je le porte. C'est un objet magique fabriqué de musique et de lettres par un créateur, par mon artiste favori. »

Mais je ne possède pas ce talent-là. Et je sais qu'un jour, une nuit, je serai remplacé. Or je refuse cette idée. Alors je cherche des stratagèmes pour devenir indispensable à ta survie.

Parce que je veux oublier que l'on se suffit à soi-même et que personne n'est irremplaçable.

Parce que je veux oublier que tu pourrais m'oublier et n'être un jour qu'un souvenir.

Moi qui connais déjà la fin de notre histoire, je sens que je n'occupe plus seul tes pensées, qu'à l'horizon n'apparaît plus ma silhouette, que dans ton oreille s'éloigne ma voix, qu'avant de dormir lorsque nous ne sommes pas ensemble, tu n'as plus besoin de savoir comme au début où je suis et ce que je ressens, que tu te fiches de la façon dont je suis habillé, de ce que j'ai fait dans la journée, si je suis triste ou gai. Entre nous, déjà, s'espacent les projets de bonheur, s'efface l'avenir à deux. Une voix susurre en moi que tu serais même capable de prononcer l'ignoble phrase « Prends soin de toi » si je prétendais vouloir refaire ma vie avec une autre, ajoutant le pire du pire : « Je suis heureuse pour toi. »

Je le sais même avant de le vivre, et toi comme moi faisons, en fait, encore semblant d'ignorer que tout a une fin.

Épisode 15

Comme tous les amants du monde, nous jouons à oublier. Nous interprétons la comédie des vivants qui se croient immortels, sommes des aveugles qui font semblant d'être persuadés de savoir où ils vont, gardant quand même les bras en avant pour ne pas se prendre un coin de fenêtre.

C'est pour cela que je souhaite t'écrire comme personne ne t'a jamais écrit, que je rêve de mentir au temps qui passe, de lui jouer un tour, d'atteindre en mots la perfection d'un vol d'oiseau et la pureté d'une fleur.

Mais je n'y arriverai jamais et je te perdrai un jour. Quelle loufoquerie, la comédie que nous jouons tous, celle de vivre comme si nous n'allions jamais disparaître !

En attendant ce jour fatidique, je vais sur scène et, avec mon stylo, fais le maestro. J'ordonne à mes mots de t'habiller, de t'enrober, de te parfumer, de te tatouer. Si tout s'arrête un jour, au moins aurai-je vécu le moment d'éternité fugace d'avoir cru être le seul être au monde capable de remplacer l'oxygène de tes poumons.

J'en étais là de mes pensées quand j'ai reçu un texto :

« Tu m'excuses mais ce soir j'avais complètement oublié que j'avais promis à mes copines qu'on irait boire un verre. Je vais rentrer tard, je t'embrasse. »

Je regarde la page blanche que j'allais noircir. Mon chef-d'œuvre attendra.

Épisode 16

L'amour est tailleur, moi je veux du sur-mesure

J'ai toujours voulu te peindre ou te mettre en musique, mais comme je ne sais faire ni l'un ni l'autre, je peux juste brosser ton portrait mot à mot, payer ton amour en billets doux. Mes lettres de noblesse : célébrer ta beauté !

À commencer par les sœurs jumelles de l'amour que sont tes lèvres.

Elles ont longtemps été closes.

Comme les portes de la prison où je voudrais que l'on m'enferme.

Et puis, elles m'ont accueilli dans un sourire. Se sont mises en forme de balançoire pour que je puisse m'y bercer. J'allais alors d'avant en arrière comme un enfant content. Plus tu souriais plus je souriais et plus l'artiste avide d'encouragements que je suis était motivé pour te faire sourire plus et mieux encore.

Ont-ils été dessinés par un portraitiste méticuleux, ces deux coussins ourlés, ces deux ouvertures vers le paradis, ces amies très chères, très chair ?

Que j'aime y poser les miennes. À l'infini. Je crois que je pourrais m'y abandonner des heures. Prémices de la nuit, elles me livrent tes pensées secrètes, comme si nous dansions sans musique.

Une musique que les amants inventent et qu'eux seuls peuvent entendre, dans un ballet à chaque fois nouveau, sans public, au décor qui valse, danse du ventre de la nuit.

Tes mains méritent un hommage.

Petits papillons qui volettent, je lis entre leurs lignes et décrypte notre avenir, ta main dans la mienne.

« Tu vas rencontrer un homme qui te veut du bien. Il est plus âgé que toi mais c'est un enfant. Vous allez rester ensemble assez longtemps mais à un certain moment vous allez vivre des instants intenses. Le week-end prochain vous partirez dans le sud de la France, ferez du vélo, il y aura une piscine et un Spa. Dans quelques minutes, cet homme va se pencher sur toi, vouloir t'embrasser : pense à te protéger car ce sera une attaque surprise. Dans le cas où tu serais consentante, laisse-toi faire, il va sûrement te caresser le dos. Ça commencera ainsi et le reste… je ne peux pas tout prédire quand même. »

Je laisse tomber ta main comme une petite feuille morte. Elle se pose sur mon visage. Tu souris. Tu m'as trouvé drôle et ce geste est ma récompense du soir, ma lumière de la nuit, ce sont tes yeux qui brillent.

Je n'ai absolument pas l'habitude du bonheur. Ça me bouscule d'être heureux. Décoration différente dans ma vie habitée de fantômes, de disparitions brutales, de couloirs d'hôpital et de séparations douloureuses. Avec toi viennent la sérénité, un calme et une harmonie des corps. Je ne pensais pas vivre et écrire cela un jour, être un touriste qui découvre un pays si nouveau, appareil photo en bandoulière, banane à la ceinture et sourire niais sur la gueule.

Hommage donc à ta jolie bouche où je te lis à lèvres ouvertes.

Épisode 17

« Le bonheur ça n'est pas grand-chose,
c'est du chagrin qui se repose »
(Léo Ferré)

On se téléphone tous les jours et aussi tous les soirs. Pour échanger des pensées essentielles qui touchent à la condition du monde, à l'état inquiétant de la nature, à la géopolitique, aux mouvements menaçants d'extrême droite qui s'étendent en Europe, parfois pour évoquer nos dernières lectures, la nouvelle de Tolstoï que j'ai relue – *La Mort d'Ivan Ilitch* – ou le texte de Freud sur la « psychopathologie de la vie quotidienne » qui le voit si clairvoyant à déshabiller l'inconscient...

Je plaisante.

Aucune de nos conversations par Iphone interposé ne changera la face du monde et si des penseurs devaient retranscrire nos propos ils perdraient un temps précieux à en retirer une seule phrase utile à leurs études. S'ils nous mettaient sur écoute, les hommes des services secrets s'endormiraient casque aux oreilles sur leur table d'agents secrets, leur stylo d'agents secrets dans leur bouche.

Nos dialogues se contentent d'être des conversations d'ouvriers de l'amour qui cimentent ou replâtrent leur relation, chacun avec sa truelle et tous deux en train d'édifier un mur, celui-là même qui va forcément un jour nous séparer.

J'aime ces babillages, nos silences, les bâillements impudiques qui les ponctuent. Ainsi que les sons de draps froissés quand chacun est étendu chez lui, que le téléphone se décharge souvent, qu'il faut trouver la prise pour le brancher puis se parler dans une position ridicule pour ne pas débrancher le fil.

J'aime ta voix, ton accent, t'entendre rire dans un bruit de ruisseau ; parfois j'ai même l'impression que de l'eau va couler de l'écouteur, que je prends une douche de plaisir. Il ne m'en faut pas plus pour inventer des personnages qui te font à nouveau rire, pour savourer ta voix si douce et jolie à mon oreille qui me chatouille. Alors, à mon tour je rigole à son contact.

Que les amoureux sont bêtes ! Et seuls au monde ! Eux n'ont besoin de personne, sont dans leur bulle, dans un quotidien qui les soude pour les rassurer de s'être bien choisis, phrases de tous les jours qui opèrent comme de douces couvertures chauffantes.

J'avoue sans honte aimer ça ! Avoir besoin de poésie, de lyrisme, d'intensité mais aussi de « As-tu pensé à prendre le pull ? », « Je vais faire les courses demain et ça m'emmerde, tu me rapporteras un pot de miel ? », « Je ne sais pas, je lui en parle demain », « Je me suis acheté un coussin, tu sais, le bleu me grattait », « Je vais faire ce plat avec les aubergines et les courgettes demain soir ». Autant de phrases qui me confirment que je suis en couple, même à distance, que nous nous aimons même lorsqu'il y a des accrocs, que le rite de nous téléphoner le soir avant de nous endormir est aussi banal que tendrement bon.

Le même bonheur me gagne lorsque nous regardons un film, tous les deux enlacés dans mon lit ou sur le canapé. Des mots que j'aurais presque honte d'écrire si ces moments ne me manquaient pas autant.

Un manque qui confirme combien j'aime la normalité. Je m'en badigeonne le visage même, c'est ma crème de nuit ! Après avoir été pris dans tant de tourbillons intérieurs, mon cœur souhaite se mettre au fond d'un transat, siroter un cocktail qui, même s'il est dégueulasse, a une très belle couleur et s'orne d'une paille bleu et rouge avec des petits cheveux.

Comme je ne veux pas des explications inutiles et stériles, des querelles, des guerres de territoire qui peignent trop souvent de blanc mes nuits noires ! Je veux du bonheur de qualité française, un truc artisanal, durable, moche sans doute mais quotidien et inusable. Rassurant comme les chaises aux pieds en bois torsadé qu'il y avait chez mon père et que je trouvais vilaines, lourdes, rustiques, mais qui nous ont fidèlement suivis de déménagement en déménagement, comme ce sol en lino que papa trouvait pratique à nettoyer mais à vomir de ringardise. Mais, au fond, je l'aimais, cette déco hors du temps, elle me rassurait, elle signifiait une enfance en banlieue pleine de plaisirs simples, une insouciance sans drames, l'innocence d'ignorer que nos parents avaient mauvais goût.

Alors, Héloïse, je suis à toi. Fidèle comme le chien en plastique et en tissu placé sur la plage arrière d'une Clio. Avec une tête qui va d'avant en arrière quand on me pose la question : « Es-tu heureux ? » Certes, depuis, j'ai le dos pelé, il me manque un œil, ma place est sur la bâche en plastique bleue posée à même le trottoir d'un SDF qui veut me fourguer aux puces de Montreuil et je suis abandonné. Mais au moins, un temps, j'ai oscillé la tête de bonheur.

À toi, je parle avec délice de notre vie quotidienne et je m'endors gagné par la joie d'un ouvrier amoureux de la besogne bien faite.

Puis je pose mon téléphone sur la table de nuit, le mets en mode silencieux – que peut-il arriver de grave et d'urgent puisque l'essentiel est là : nous nous aimons ? Je m'enfonce dans les draps.

Je tape une fois sur mon oreiller. J'éteins la lumière, jette mon tee-shirt car je déteste dormir habillé, sens que mon corps épouse le lit. Sa demande en sommeil est acceptée, je ferme les yeux et j'essaie de penser à autre chose qu'à toi. Ce qui me fait un bien fou.

J'étais un imbécile heureux.

Épisode 18

Quand j'avais vingt ans
tu n'étais pas née.
C'est sûrement pour ça
que tu es toujours en retard

Je suis un enfant plus âgé que toi. Malgré mes années de plus, je me sens très léger en passé, très léger en vie d'avant. Parce que j'ai compris qu'elle n'existerait plus jamais. Alors je ne suis nostalgique que du présent. En vérité je m'arrange avec le temps. Nous avons un pacte tacite tous les deux : je l'emmerde.

Il se vengera sur moi, c'est sûr. Glissera un mot, une note vocale à la mort. « Le petit bonhomme là, oui, celui qui est avec la jeune fille, il faudra penser à le tuer un de ces jours. » M'en fous. Mon arrangement personnel est simple : quand je suis avec toi, j'ai ton âge. Donc trente ans. Et je n'ai pas connu les années quatre-vingt ! L'autre moi oui, le moi de notre histoire, non.

Mon corps me fait croire à ce mensonge, se montre gentil, n'a ni mal au dos ni mal au cœur, pas pris de ventre. Mes jambes me mènent où je veux et si j'ai envie de les faire courir après un ballon, elles acceptent ce caprice. Je peux même sauter des barrières. Je n'ai donc pas d'âge. Comme se disent tous les vieux.

Pour les jeunes le temps passe aussi vite mais, à la différence des vieux, eux, ils s'en foutent. Moi-même, je me souviens n'avoir autrefois écouté aucun conseil ni mise en garde des aînés parce qu'à cette époque j'étais immortel, protégé par une jeunesse bouclier. Je n'entendais ni ne comprenais les menaces de mon père, ses « Profite mon fils, après tu n'auras que des soucis ». Quand j'étais ado, un type de cinquante ans n'avait à mes yeux plus que trois jours à vivre, et j'étais prêt à lui conseiller de ne souscrire aucun crédit, de n'avoir aucun projet immobilier.

Quand j'entendais des vieillards claironner : « La vieillesse c'est dans la tête, moi j'ai encore vingt ans ! », je pensais : « Pauvres cons ! Allez vous regarder dans un miroir et vous serez gênés de dire des conneries pareilles. » Désormais, je fais partie de la bande d'aveugles et sourds qui croient à ce genre de mensonges, les leurs.

Mais au fond je m'en fiche bien. Tant que je pourrai faire croire le contraire, je continuerai. Le ridicule me tuera un beau jour, viendra me voir avec un miroir de poche en murmurant : « Monsieur Semoun je peux vous voir cinq minutes ?

Regardez dans la glace… Qu'est-ce que vous voyez ? Bonne soirée monsieur Semoun. »

Qui sait s'il ne va pas apparaître quand je suis avec toi ? S'il surgissait, je lui dirais : « Vous savez, quand nous couchons ensemble je fais preuve d'une énergie qui en étonnerait plus d'un. Et, d'ailleurs, si vous voulez avoir l'amabilité de regarder : j'ai la preuve par texto.

— Taisez-vous, vous êtes ridicule, me rétorquerait le ridicule.

— Pour se justifier de leur choix, ils disent tous : "Elle est plus jeune que moi mais très intelligente ; je suis un vrai gamin et c'est elle, l'adulte du couple." »

Le ridicule me regarderait d'un air condescendant, presque méprisant, me tapoterait sur l'épaule et ajouterait : « Rendez-vous à la fin de votre histoire monsieur Le Jeune. Vous irez pleurer sur l'épaule de vos amis quand elle vous aura quitté parce qu'il n'y a aucun avenir avec un vieux pour une femme de trente ans qui veut un enfant. On en reparlera quand vous serez encore plus seul qu'une pierre tombale et totalement ridicule. Vous viendrez me manger dans la main, je vous poserai un nez rouge, un chapeau de clown et vous ferai arborer la pancarte "Faux jeune". »

Mais non, ça n'arrivera jamais, je pensais. Toi tu m'aimes comme je suis, moi qui m'aime comme je ne suis pas.

Toi, tu m'adresses des compliments que je fais semblant de croire, pour lesquels je joue la surprise afin que notre comédie aille bon train.

Car chacun y trouve son compte, car nous avançons main dans la main en nous moquant de tout et de tous. Car nous sommes heureux et aimables en toute conscience. Après tout, n'est-ce pas une maladie grave d'être en bonne santé quand on a l'âge d'être en mauvaise santé ?

Je te fais découvrir ma vie d'artiste, les coulisses des théâtres et des plateaux de cinéma. Nous sommes un cliché mais quel cliché ! que la photo est belle ! Ta jeunesse et ta beauté rejaillissent sur moi comme une Légion d'honneur. L'honneur que tu me fais de m'accueillir dans ton jardin d'été, moi qui commence à me couvrir des couleurs de l'automne.

Ah un texto ! c'est elle !

Mais qu'est-ce que j'ai fait de mes lunettes ?

Épisode 19

Ton cœur de pierre
rend mon sommeil de plomb

Sans doute ai-je mal fermé la fenêtre cette nuit avant de m'endormir, car il est entré dans ma chambre, s'est installé comme un moustique en haut à gauche du plafond et a patiemment attendu que je m'endorme. Il m'a vu tenter de te joindre à plusieurs reprises, t'envoyer des messages que tu n'as pas lus puis les effacer, les réécrire, les relire, rallumer la lumière vers une heure du matin pour constater que tu n'avais ni appelé ni répondu à mes SOS.

« Tu t'amuses bien à cette soirée ? » Premier message faussement désinvolte. Une heure plus tard : « Comme tu m'avais promis de me raconter… mais tu as dû mettre ton portable dans ton sac, je vais me coucher bisous je t'aime », avec un smiley débile pour dédramatiser… Dans la nuit : « Je vois que tu as lu les messages, mais je constate que tu ne réponds pas, c'est pas très cool, je m'inquiète : une soirée alcoolisée, des mecs bourrés, ça va ? » Avec un autre smiley. Pathétiques, les smileys…

Aucune réponse… Le vide. Le silence de la nuit, celui de la maison endormie bien avant moi. Dehors une moto qui passe en grondant, un groupe de jeunes qui se chamaillent et poussent des cris. Sur mon écran de téléphone, rien. Juste la lumière bleue qui éclaire mes traits inquiets et fatigués.

Je décide de m'endormir. Du moins je ferme les yeux.

Il descend de sa cache, tourne autour du lit, s'infiltre en moi sans un bruit. Lui, le mauvais rêve.

Un rêve d'impuissance et de jalousie. Je suis avec toi dans cette soirée mais invisible à tes yeux. Et comme tu es introuvable, je demande aux invités et à tes amis où tu te trouves. Mais je parle une langue étrangère et personne ne me comprend. Ni ne me répond. La foule est occupée à boire, à danser. Ensuite, apparaît une chambre. Et ma silhouette. Je porte une marinière qui n'est pas à ma taille, suis mal à l'aise, engoncé et consternant. Au moins, je t'ai retrouvée : tu erres dans une boutique de farces et attrapes. Je te parle, te poursuis. Nous avançons dans une ville où il n'y a que des escaliers, je te parle encore et tu ne me réponds toujours pas. Je demande avec qui tu es, te suis dans les allées d'un grand magasin, je crois même être en slip sous cette marinière, aussi fragile que pitoyable, comme un enfant qui se rendrait à l'école en pyjama. Tu ne me réponds pas. Tu ne réponds pas. Tu ne réponds rien. Je veux savoir avec qui tu étais, tu souris juste. Cruellement. Dans ce mauvais rêve, nous ne sommes plus ensemble et tu assènes n'avoir aucun compte à me rendre. Je me sens si impuissant, si en colère. Il se prénomme Bertrand, ou Louis, ou Kevin ou... il a tout ce que je n'ai pas et je reste planté. Là. Seul. Abandonné.

Le cauchemar a fait un excellent travail, simple, efficace, rêve de première catégorie limpide à interpréter. Aussi transparent que celui de l'enfant à qui on interdit un manège et qui y songe le soir même.

Mon premier geste, au réveil, a été de regarder mon portable. Or, pire que dans mon sommeil, je découvre que tu as vu mes cinq messages mais n'y as pas répondu. La torture du dimanche peut commencer. Tu t'es couchée à 5 heures du matin, as bu, donc tu vas te réveiller à 14 heures sans aucune envie de te justifier. Mes messages t'ont oppressée, tu ne comprends rien à de telles inquiétudes, qui te refroidissent même. Bref, toi tu es détentrice du pouvoir absolu, et moi je suis un bouchon de liège ballotté par les vagues de ta volonté. Et je vais me morfondre.

Horrible dimanche à traîner le téléphone comme un prisonnier son boulet. Horrible dimanche de dépendance, d'heures où j'attends ma dose avec l'impatience d'un cracké. Horrible dimanche où je tourne en rond dans le jardin, me sens inutile sur cette terre, moi l'amoureux d'une femme qui dort, moi l'homme au cerveau malade qui se fait des films, écrit des scénarios qui ne feront pas une entrée tellement ils sont noirs.

Le téléphone sonne, c'est toi.

Tu me rassures. Enfin.

Il est 19 heures.

Épisode 20

L'amour est une maladie
que tout le monde veut attraper,
mais que les véritables connaisseurs
déconseillent d'avoir

Quelle énergie je mets dans notre amour alors que j'ai la sensation d'un bateau qui coule tous les jours, et tous les jours de vider l'eau qui s'infiltre par les rainures de la coque !

Quelle énergie je dépense pour te faire rire et te surprendre ! Parce qu'un signal sonne au fond de moi et actionne des leviers de vitesses qui me font accélérer pour passer au feu avant qu'il ne vire au rouge.

Quelle énergie je brûle nuit et jour pour rester l'unique homme de ta vie, essayer de remplacer le soleil !

Avec toi, je suis comme avant d'entrer en scène : je tourne tel un lion en cage, la tête baissée, et répète un texte que je ne connais pas encore. Je veux te séduire et ne te laisse pas le temps de m'aimer parce que je n'ai aucune confiance en moi.

Il est possible que, sans cela, tu ne m'aimes pas, que tu découvres enfin l'imposteur que je suis. Et il est tout aussi possible que, sans le cirque ambulant mis en branle, je découvre moi-même que je ne t'aime pas.

Un paradoxe que je suis obligé d'assumer puisqu'il me construit.

Reste que mon esprit est une Cocotte-Minute dont le couvercle fait un bruit de ferraille.

Je suis convaincu que la seule chose qui tient notre relation, c'est le feu que j'entretiens quotidiennement en t'envoyant des poèmes, des textos, en te faisant des présents, en préparant des surprises, en t'offrant mon temps.

Est-ce que sans, tu m'aimerais moins ?

Est-ce que le véritable amour est plus apaisé ? plus simple ?

Je n'ai aucune réponse, moi qui n'ai jamais aucune certitude.

J'ai beau te poser des questions, je ne sais pas ce que tu penses.

Même quand nous sommes installés l'un contre l'autre, à l'abri du monde, je nous vois comme deux bougies flottantes rapprochées par le courant, qui pourraient tout aussi bien voguer ailleurs en cas de vaguelettes trop fortes.

Mes pensées en sont là ce soir.

Épisode 20

Nous sommes sur notre canapé bien-aimé, regardons un documentaire et notre amour sommeille comme un gros chat, les griffes bien rentrées, dangereux pour aucune souris ni aucun oiseau tant il paraît ronronner. Je crois qu'à cet instant-là nous pourrions dire que nous sommes heureux.

Mes doutes au repos, je n'ai pas à te séduire plus. Pour autant, impossible de m'empêcher de te proposer un thé ou un dessert. Il me faut faire un effort pour aller le chercher à la cuisine, m'arracher à la tiédeur de nos corps enlacés, mais je peux t'offrir ce sacrifice puisque je t'aime. Et toi aussi, pour l'instant ! (Oh non, pas de doutes ce soir !)

Je reviens avec le thé et les deux derniers Granola, installe le plateau sur la table basse et me remets dans la position quittée. Bientôt commencent des caresses. Tu sembles au comble de la béatitude.

Je me sens important, essentiel, je pense même à m'installer comme masseur à domicile tellement tu parais satisfaite de mes services. J'ai même envie de dépasser mes compétences ordinaires, de laisser mes mains explorer des zones que la législation des masseurs pro réprouve de prospecter… mais ma cliente ne veut pas.

J'insiste doucement. Non, raté… Le documentaire sur la migration des gnous dans le parc Kruger est plus passionnant que la copulation de deux êtres humains sur le dossier d'un canapé à 21 h 45 dans le salon d'une maison de banlieue parisienne.

Prudent, dépité, je demeure donc dans la zone autorisée. Mais j'ose une dernière chose en tentant une attaque sournoise par la face nord, plus vallonnée. Rien n'y fait : tu veux être détendue et t'extasier devant ces centaines de gnous qui s'obstinent à traverser un fleuve infesté de crocodiles affamés. C'est con, un gnou ! Même le nom dont on les a affublés l'est. Qui l'a trouvé ?

Je me mets à la place des crocodiles : comment résister, après des mois de disette, à l'appétissante chair fraîche qui s'offre à eux ? Moi je peux résister car je ne suis pas un caïman, mais mon cerveau reptilien lutte contre mon cerveau d'hominidé.

— Je peux avoir plus de thé ?

Eh bien non, cette fois je n'ai pas envie de faire l'effort de retourner vers la cuisine. Elle est loin, le carrelage est glacé, la lumière éteinte. Bien fait pour toi, ce sera ma vengeance.

Mais avant que nous allions nous coucher, je rangerai les tasses et les assiettes dans le lave-vaisselle.

Le client est reine.

Épisode 21

J'ai retrouvé une de tes larmes dans mon bain, j'ai bu la tasse

Le désordre après ton passage à la maison, je l'adore. Je n'espère même souvent qu'une chose : que tu oublies ta précieuse écharpe ou un pull. Si je prends soin de glisser ton chargeur dans ton sac puisque son absence serait un bon prétexte pour que tu ne me répondes plus, l'écharpe, je saurais m'enrouler dedans quand tu ne seras pas là. Alors, parfois je ne dis rien car elle pourrait servir d'otage.

Après la mort de papa j'ai réuni quelques-uns de ses vêtements dans mon dressing, dédiant un coin à son souvenir. Parfois je viens caresser sa chemise bleue, son pull rayé, regarde la casquette rouge horrible où est brodé « Amicale des tazis ». Un jour, j'ai osé mettre ses chaussures, ses chaussures qui, à l'achat, n'étaient déjà plus à la mode, souliers de vieux un peu déformés, un peu craquelés. J'ai avancé avec sur le parquet, et le son des talons sur le bois m'a martelé le cœur, j'ai pleuré en silence.

Les larmes sont venues comme si elles étaient en train de faire la queue depuis longtemps, ont sagement coulé en élèves bien éduquées et m'a gagné la sensation presque agréable de m'être laissé attraper par la tristesse et le manque. J'avais marché dans ses pas.

Je n'arrive jamais à m'habituer au départ définitif de ceux que j'ai aimés. Rien de raisonnable ne me parle. Pensant à eux, je dois faire un effort intellectuel pour remettre les pieds sur terre… et quand je les mets ils sont chaussés des godasses de papa !

J'ai tout rangé.

Toi tu es si vivante, si charnelle, si parfumée que quand tu quittes la maison elle en est presque ressuscitée. Je me baigne dans ton souvenir tel Robinson dans la « souille », ce bain de boue de *Vendredi ou les Limbes du Pacifique.* J'y oublie ma condition d'être humain. Je me roule aussi dans nos draps froissés, fais la brasse entre les oreillers et, au passage, tombe sur la boucle d'oreille que tu cherchais ce matin avant de partir.

Je laisse le bordel de la salle de bains s'étaler dans sa splendeur de bordel de salle de bains. D'ailleurs je ne prendrai un bain que ce soir : aujourd'hui je veux être sale de toi.

Épisode 21

On se quitte beaucoup et chaque au revoir est une séparation, une partie de moi qui se déchire. Je remets bien le pansement sur la blessure mais, à force, la colle manque d'adhérence.

Et puis, peu à peu, ces au revoir sonnent comme des crises. Se quitter, se retrouver pour se quitter de nouveau, comme une répétition de la scène finale.

Souvent c'est moi qui vais chez toi. Je prends ma voiture car mes idées vont encore plus vite.

Dans ma tête il y a un sacré trafic,
Des embouteillages de pensées.
Comme je connais la route par cœur
Je me mets en conduite automatique.
Mes songeries sur accélérateur
Je regarde la route défiler
Comme si ce n'était pas moi qui conduisais.
Je m'demande si tu veux encore de moi
Plus je m'éloigne, plus je m'approche.
Je m'étais promis de ne plus fumer
Il reste un paquet dans le vide-poches
Tant pis j'en grille une ça m'aide à rêver.
Le compteur affiche cent cinquante
Sur le radar la photo sera souriante
Et si je faisais demi-tour ?

Je chéris ma liberté autant que toi, mais j'aime presque autant nos habitudes. Même mes doutes et mon insécurité je les aime, car avec eux, à cause d'eux, je vis, je vis, je vis.

Voilà ce qui va me manquer quand nous serons séparés : je vais redevenir normal.

Épisode 22

La vie est courte, mais parfois qu’est-ce qu’on peut s’emmerder !

Le dimanche est un jour dégueulasse. Je suis seul et le dimanche veut me prendre dans ses bras. Or il me dégoûte. Je n'ai pas envie qu'il me berce, je veux être avec toi, je t'ai juré fidélité, hors de question de te tromper avec ce jour poisseux et morne.

Le dimanche est mal habillé, ne fait aucun effort et même s'il était présentable je n'en voudrais pas. Pourquoi n'a-t-il pas l'élégance du samedi soir ?

D'abord il m'a levé tôt car le dimanche s'ennuie le dimanche. Il me tire la main comme un enfant gâté mais pour faire quoi ? Je ne suis pas si pressé de m'emmerder.

Ensuite il veut que je tourne en rond, que je pense à toi et que je sois triste parce que son but, au dimanche, c'est aussi celui-là : que je sois triste.

Tous les jours de la semaine sont à ses pieds quand vient son tour : il a attendu six jours et six nuits, sonne donc enfin son moment.

Il me connaît. Il sait que je ne peux pas l'éviter, que la solitude me pèse, que je ne sais pas écrire quand mon esprit est habité par toi, que je n'arrive pas à m'occuper lorsque tu ne te trouves pas près de moi.

Je m'enfuirais à Tahiti, ce serait pareil : le dimanche m'attendrait à la sortie de l'avion avec son sourire dominical, lui qui voyage à la vitesse du con.

Il me demande aussi si j'ai de tes nouvelles, ce vicieux qui sait pourtant déjà tout, les autres jours l'ayant renseigné.

Ce pervers peut même user de son pouvoir quand nous sommes ensemble. J'ai honte de l'écrire mais je me suis déjà senti mélancolique et même sombre tout en étant avec toi. Écrasé par le silence inquiétant de la rue, par les boutiques closes, par les queues devant la seule boulangerie ouverte qui fermera à 13 heures, par les vieux qui marchent plus lentement, comme ralentis par la main du dimanche qui les tire par le col, je me ratatine, m'attriste, me morfonds.

Quel jour détestable ! Que j'accuse de m'avoir retenu par sa grisaille pour profiter de nous avec délice. Nous avions le temps et j'ai été refréné, morne, sans explications, capté par la force du dimanche, ce jour qui étend son sale pouvoir aux esprits faibles et nostalgiques.

Épisode 22

Quelquefois j'arrive à lui faire croire que je suis sous sa coupe. Je m'installe à mon bureau, la tête baissée, dans une position d'oisiveté, mais dès que le geôlier a le dos tourné je prends un stylo et t'écris :

Tu es un pays
Je connais tes vallées et tes terres fécondes
J'aime quand je m'y perds et vagabonde
D'un doigt je fais tourner ta mappemonde

J'aime traverser d'une caresse ta patrie
Et m'y perdre à en être étourdi
Il y a des impasses et des ruelles aussi
Et tu me grondes quand je prends
des raccourcis

Tu es la plus belle des villes des alentours
On aimerait y vivre pour toujours
J'aime ton ciel vert, j'aime ses atours
Tu es la capitale de mon amour

Laisse-moi prendre ta nationalité
Parler ta langue et ton alphabet

J'apprendrai toutes tes coutumes
Je porterai même tes costumes

Mais si un jour morne et de brume
Ton amour pour moi se consume

Je serai à jamais un apatride
À jamais un cœur avide et vide
Et j'errerai à travers le monde, livide
Et aussi sec et pauvre qu'une terre aride...

Ce n'est pas ma faute si c'est parfumé à l'eau de rose, c'est à cause du dimanche.

Épisode 23

Je n'apprécie la réalité qu'en rêve

Parfois je fais le cauchemar que nous devenons des étrangers l'un pour l'autre. Que plus rien de ce qui viendrait de moi ne te touche. Que tu pourrais passer plusieurs jours en ne sachant rien de ce que je deviens sans t'en émouvoir. Que, durant ces jours, tu penserais à tout autre chose, que l'idée même de ma présence te donnerait des angoisses et te ferait me fuir, que tu n'éprouverais plus que de l'indifférence, voire, pire, que tu trouverais notre amour ennuyeux.

Ou plus grave : tu m'aurais juste vaguement aimé.

Il s'agit d'un cauchemar, Dieu merci (c'est une expression, jamais je ne remercierais Dieu si je l'avais face à moi).

Car nous allons nous aimer longtemps, c'est sûr. Car je vieillirai très lentement sous la protection de tes bras. Car quand le temps viendra on se planquera pour qu'il ne nous voie pas. Car je nous construirai un château en Espagne où tu resteras ma muse, et fêterons l'apparition de chacune des petites rides que j'aurais fait naître au coin de tes yeux, tant, pour moi, à jamais tu resteras désirable, belle, surprenante, inspirante.

LUI
Viens dans mes bras. Tu m'aimes ? Tu pensais à quoi ? Tu avais l'air ailleurs…

ELLE
Non, je ne pensais à rien de particulier. Et toi ?

LUI
Je suis bien, c'est tout. C'est déjà pas mal !

On ne sait pas plus ce qui se passe au fond des volcans que dans les pensées de l'autre. Un petit mensonge agit comme un ver dans une pomme, le grain de sable dans le rouage d'une machine. Apparemment tout va bien, mais si la caméra s'éloigne, le plan large montre un couple enlacé sur un canapé gris, avec du jazz en bande-son. Un couple qui semble ne faire qu'un, silencieux. On coupe, une ellipse, et on revoit le duo dans la chambre. S'entend le souffle régulier de l'homme, se voit la femme sur le dos qui, malgré la pénombre, est éveillée. Gros plan sur son visage, d'abord de profil, puis de face : elle a les yeux ouverts. Une voix off, c'est elle.

Elle

Qu'est-ce je fais ici ? Ce n'est pas la première fois que je me pose cette question ; il a l'air heureux, mais moi-même je crois ne plus l'être vraiment. Ce soir, je n'ai pas eu envie de l'embrasser, alors j'ai fermé les lèvres. Ça a eu l'air de le surprendre mais je ne sais pas faire mieux. Je n'ai aucune envie qu'il pénètre en moi de quelque façon que ce soit. Je n'arrive pas à trouver le sommeil, mais je ne trouve rien d'autre non plus. Ma sérénité ? Oubliée. Sans doute cela ira-t-il mieux demain.

Nouveau zoom sur l'homme. Lui ne dort pas non plus. La caméra est fixe, son regard aussi. Il semble se poser des questions. La musique a repris. À scène assez triste, pas du Bill Evans mais du Gabriel Fauré.

Lui

C'était chouette aujourd'hui. Demain matin je me lève tôt et je vais préparer son petit déj. En allant acheter tout ce qu'elle aime. Elle va sûrement se réveiller tard mais j'attendrai. N'ai-je pas des choses à faire dans le jardin ? On pourrait peut-être aller au cinéma ? Je ne sais pas ce qu'elle a ce soir, mais ça passera. Je suis crevé. Merde, il faut que je pense à nettoyer la serre !

Parfois on ne sait rien de l'autre. On projette juste le film que l'on fantasme, film où l'on s'accorde le meilleur rôle. Mais l'autre ne connaît pas le texte qu'on lui écrit et ne sait se placer comme il faut face à la caméra.

Un film qui ne fait aucune entrée.

Épisode 24

Mon stylo fuit, il ne veut plus de moi

Je lui parle mais il ne retient rien. Cela me met hors de moi, c'est exaspérant. Résultat, je deviens chiante et m'énerve même pour des miettes laissées sur la table.

Je suis convaincue qu'il ne me comprend pas. Et que seul son amour pour moi compte, comme si j'étais juste un personnage du film qu'il a écrit.

Or ce ne sont ni les cadeaux, ni les voyages, ni les poèmes qui feront que je l'aimerais plus. Je refuse ces artifices, ne vis pas dans un roman et encore moins le sien, mais dans une réalité à côté de laquelle il passe.

Se souvient-il seulement de ce que j'ai fait hier ? De mes projets, de mes envies ? S'il est un tourbillon dans lequel ma tête et ma vie ont tourné, parfois, quand je suis dégrisée, je redescends du manège et ne veux pas refaire de tour supplémentaire.

Mais comment lui dire ? Et serai-je entendue ?

De plus en plus nous ne parlons pas la même langue. Conséquence, chaque fois je me sens un peu plus seule et le désamour s'insinue, fait son chemin dans mon cœur, pierre à pierre édifie un mur et construit les raisons qui solidifient le passage déjà étroit, rétréci même, entre lui et moi. Déjà sa présence, sa voix parfois m'horripilent. Beaucoup de ce que j'aimais désormais me repousse… et je n'y peux rien.

Je te désaime et tu ne le sais pas encore. Mais je n'arrive pas pour autant à expliquer pourquoi je ne veux plus monter sur ce grand huit, enfin ce petit deux, avec toi.

J'ai commencé à te mentir et je n'aime pas ça. Je prépare mes valises mentales pour mon départ, alors je triche, te dis ce que tu veux entendre, botte en touche, trahis la vérité, invente des prétextes. « J'aime être seule chez moi, mes amies me manquent. » Ce qui n'est pas faux puisqu'à elles je peux tout raconter, et notamment ce que je n'arrive pas à lui exprimer tant il est sourd.

HÉLOÏSE
Un spritz pour moi et un verre de blanc.

AMANDINE
Pareil.

HÉLOÏSE

Bon, ben je pense que je vais enfin lui dire la vérité. J'ai préparé le terrain hier quand il jouait à Marseille. J'y suis allée en douceur mais il a pris la mouche : il a compris tout de suite. En même temps je ne veux pas le faire souffrir. Reste que ça va le faire souffrir ! T'as une clope ?

AMANDINE

Ouais, tiens. Vas-y doucement quand même. Il n'est pas méchant et en plus il est en spectacle ce soir, faut pas le fragiliser.

HÉLOÏSE

Le fragiliser ? Et moi alors ? Il me rend dingue ! Jamais un mec n'a eu le don de me mettre autant hors de moi. Je ne me reconnais pas, j'ai même honte de me voir si chiante. On dirait qu'il ne capte rien, qu'il ne pense qu'à lui dans notre relation. Il est intelligent, mais ne se rend pas compte de ce qui se passe.

AMANDINE

Si c'est à ce point, quitte-le ! C'est lui ou toi. Tu ne vas pas y laisser ta santé. Et puis, faut en parler : y a la différence d'âge. Vous avez des univers, des goûts, des réflexes, des modes de pensée, des cultures différents. Et si un jour tu veux un enfant, tu feras comment ? Pour l'instant ça ne se voit pas, mais dans quelques années on le prendra pour ton père et toi pour une michto. Et plus tard, tu te vois pousser sa chaise roulante ?

HÉLOÏSE

Ah t'es conne ! Faut pas exagérer, il fait pas vieux. Et j'oublie même son âge. C'est vrai que le problème se pose… mais au fond c'est pas ça.

AMANDINE

Il y a donc gros malaise. Le problème est réglé… barre-toi ! J'espère juste qu'il saura te lâcher en douceur, pas faire le lourd !

HÉLOÏSE

Je peux avoir des petites choses à grignoter avec le verre ? Et un cendrier s'il vous plaît ? Merci.

Épisode 25

Avant de tomber amoureux, il faut prendre une assurance pour les dégâts des eaux

Elle flottait dans un bain depuis plus de trente minutes et le clapotis de l'eau chaude quand elle bougeait légèrement lui donnait l'impression qu'elle voguait sur un bateau en train de prendre l'eau. « L'amour est comme une promesse mal tenue », songeait-elle, reprenant une phrase découverte dans un roman qu'elle n'avait pas lu, mais qu'il lui avait lue. S'agissait-il d'une phrase de Sagan ? Qu'importe : c'était devenu sa vérité en cette fin d'après-midi.

Le soir, au lit, souvent il lui faisait la lecture et elle s'endormait au son de sa voix. Les chapitres la berçaient, elle renouait avec des sensations d'enfance. « L'amour est une promesse mal tenue », répétait-elle en flottant dans l'eau qui se refroidissait. Elle aussi se refroidissait.

Elle pensait à lui et creusait, creusait pour savoir ce que son cœur éprouvait et voulait réellement lui dire. Elle s'entêtait à prolonger leur relation, mur-

murait son cerveau, mais, dans le même temps, son corps, lui, était contre. Une lutte intérieure la bousculait, qui n'avait rien à voir avec le calme régnant dans la salle de bains.

Elle ne parvenait pas à lui dire, avec des mots intelligibles, ce que ses colères quotidiennes trahissaient. Elle n'arrivait pas à s'avouer que, peut-être, il se pourrait qu'elle ne l'aimât plus du tout. Une révélation qui lui semblait impossible.

Elle fit couler un peu d'eau chaude. Quarante-cinq minutes de baignade, indiquait la pendule accrochée au mur.

Protégée du monde par le liquide, armure aquatique contre la sécheresse dont son cœur commençait à se vêtir ? Elle s'interrogeait, retournait dans sa tête les pour, les contre, les au contraire, les si, les quand même…

Lui n'imaginait pas qu'elle pût être malheureuse à cause de lui. À ses yeux, il s'agissait forcément d'autre chose. La fatigue, une petite dépression, des tensions avec sa sœur ou sa mère ? Pas une seconde lui.

Elle n'avait rien à lui reprocher. Elle fermait bien les yeux de plénitude quand il la massait. Elle aimait le velouté délicieux de ses doigts et sentir les tensions qui bloquaient ses épaules disparaître comme par magie sous leur pression chaude et nerveuse.

Épisode 25

La lutte continuait. « Je l'aime, il est doux, prévenant, généreux. Non, c'est un égoïste qui ne t'écoute pas, comme tous les hommes. Mais tous les hommes, je m'en fous, je veux qu'il soit présent et à moi. Mais il est à toi, fidèle et toujours attentif ! »

19 heures, la lumière du jour disparaît peu à peu. Ça n'est pas sérieux de rester à ne rien faire dans un bain. Le bout de ses doigts commence à friper.

Elle se regarde dans le mini-miroir posé sur le bord de la baignoire et pose une énième fois la question à son reflet. Il n'a pas plus de réponse.

Elle a rendez-vous avec lui. Elle arrivera en retard et l'idée qu'il lui en fasse la réflexion la crispe d'avance. Son téléphone resté sur le lit sonne. C'est lui, à coup sûr.

Elle devine qu'il s'impatiente dans la voiture. Qu'il a dû s'asperger de parfum, celui qu'elle aime qu'il porte. Mais quand elle entrera dans l'habitacle elle en aura la nausée.

Elle enfonce son visage dans l'eau, voudrait que quelqu'un trouve la solution pour elle. Elle se juge lâche.

Le miroir la montre belle avec ses cheveux mouillés tirés en arrière, ses yeux clairs, ses épaules fines.

Elle sort enfin du bain.

Épisode 26

« Quant au bonheur, il n'a presque
qu'une seule utilité,
rendre le malheur possible »
(Marcel Proust)

Arrivée à Nice. Il faisait beau et chaud.

Dans l'avion déjà il y avait eu l'excitation du voyage et puis, avant, cette phrase qui annonçait les vacances : « Je prends quel maillot ? Le bleu ? Tu as regardé s'il faisait beau ? »

Dès la sortie de l'appareil la chaleur nous avait accueillis comme si nous faisions partie de la famille du Sud. Je ne lâchais pas sa main, si fière et heureuse. À cet instant précis – à 13 h 15 – je n'envisageais pas ma vie sans lui. Nous nous étions dirigés en file indienne vers l'arrivée des bagages. Que je lui étais reconnaissante ! Il avait insisté pour passer trois jours à Saint-Paul-de-Vence. Moi je ne voulais pas, n'étant pas encore sûre de mes sentiments ni de vouloir partager autant d'intimité avec lui. C'était à nos tout débuts et, chatte un peu sauvage, je mettais déjà du temps avant de rentrer mes griffes : je veux bien me laisser caresser mais personne ne peut atteindre mon cœur.

Mais ce week-end-là le soleil était son complice, ils avaient tout manigancé et s'étaient consultés pour m'éblouir, m'étourdir. J'avais vu défiler un superbe paysage à travers la vitre du taxi, sans que nous disions quoi que ce soit. Qu'y avait-il à dire d'ailleurs ?

Le village aussi était complice, avec ses ruelles, l'hôtel et la chambre aux tentures lourdes et rouges, au lit moelleux comme un nuage. Sachant déjà comment m'attendrir, il avait réservé un massage au Spa. Le piège se refermait. Mais qu'il était bon de s'y laisser prendre !

Il fumait une cigarette sur le balcon comme s'il savourait une victoire.

« Tu en veux une ?

— Non merci, tu ne devrais pas fumer…

— C'est la première de la journée et j'étais stressé. Je voulais que tout soit parfait pour toi.

— Mais c'est parfait ! Et puis, peu importe l'endroit, l'important est qu'on soit ensemble. »

« C'est un mensonge, mais je vais faire semblant d'y croire », pensa-t-il.

« C'est un mensonge mais il y croit », songea-t-elle.

Un gentil mensonge, un mensonge en vacances de la vérité. Reste que je peux dater la naissance de mon amour à ce soir-là. Avant il s'agissait de répétitions, ce soir j'étais sûre de moi, mon cœur lui appartenait. Ça ne demande pas de grandes capacités intellectuelles, l'amour, au fond : j'avais tellement eu peur, tellement réfléchi que, désormais, mes hésitations et appréhensions me semblaient ridicules. Il suffisait de lâcher prise, ensuite de savourer. C'était simple, tout simple.

C'est lui qui avait raison.

De la chaleur, de la beauté, du calme, nous deux.

Au fond ce mensonge n'en était pas un.

Ils avaient eu trois jours devant eux, juste pour eux, avec de longs réveils dans leur lit-nuage, des repas en tête à tête au restaurant gastronomique, ses blagues au serveur pour la faire rire, la piscine où ils s'embrassèrent sans se soucier des regards réprobateurs et jaloux de quelques clients.

Que demander de plus à la vie ?

Le bonheur est sans intérêt pour qui le raconte ou qui le lit.

Le bonheur, c'est lisse comme une plage de sable en plein soleil.

Le bonheur nous enferme dans une boîte en coton.

Et puis, subrepticement, cela avait été fini. Déjà, dans le taxi du retour, nous n'avions rien dit.

L'impression désagréable que nous avions oublié quelque chose de précieux dans la chambre.

Épisode 27

La nuit je bronze à ton soleil :
je prends des taches de douceur

Tu es fatiguée ce soir. Ton corps est lourd, ton visage s'endort avant ta conscience, tu ne peux même plus parler. Mais j'ai perçu un vague « Bonne nuit » et maintenant j'entends le refrain de ta respiration, la chanson de ta nuit.

À tes côtés, je lis. Et j'essaye de tourner les pages en silence. Mais impossible de me concentrer ; pour la deuxième fois je parcours la même phrase : « Elle barrait de son bras la poitrine de l'homme qui lui entourait les hanches[1]. » Ce n'est pas compliqué à comprendre, mais l'image de ce couple me trouble. Je ne sais si ce sont eux que je vois ou nous. Mais toi tu n'es déjà plus là. Alors je pose le livre, laisse le couple de papier en pause, les ferai revivre un autre jour.

Un autre roman m'attire. J'ai envie de parcourir la réalité de ton corps près du mien. J'aime te lire,

1. A. Moravia, *L'Amour conjugal.*

te feuilleter. Le drap qui le recouvre le fait ressembler à une statue romaine. Visiter ton musée, admirer le travail du sculpteur, les lignes reproduites à la perfection. Ne rien oser effleurer, maîtriser ma respiration qui s'accélère, mes doigts en plumes qui ondulent au-dessus de toi.

Visiteur du crépuscule, comme un chat en pleine nuit, je vois dans l'obscurité de ton sommeil et m'invente une aventure avec ton double éveillé.

Je l'emmène danser au-dessus de la ville qui dort, ton drap transformé en toge dont les drapés naissent et meurent telles des vagues. Tes cheveux blonds s'envolent en écume et je me noie en toi, le goût salé des embruns sur les lèvres comme si j'avais plongé au fond de tes mers intérieures. Je suis étourdi, comme renversé par une lame de fond, ne sais plus ce qui est rêve et réalité, tous deux entraînés dans mes flots…

En parlerons-nous demain matin ? Non, gardons ce secret de la lune. Dans la faible lueur de la nuit, je me suis approché à nouveau du paradis. Tout ce que je m'efforce de te dire à l'aide de mots, en ces instants je l'ai exposé avec mon corps, ma peau.

Avant le saut vers le sommeil, je respire ton parfum, ton essence… Ils seront mon carburant pour rêver qu'il y ait d'autres nuits toutes les nuits.

Épisode 28

Ne pars pas, sinon je tombe en panne de sens

Lui

Au fond, l'amour c'est comme croire en Dieu.

Je me demande s'ils existent tous les deux, hypothèse séduisante même si je n'y crois plus et t'en veux d'avoir fait de moi un mécréant du cœur en partant.

Je t'en veux aussi de m'avoir humilié en me quittant et en me rejetant.

Et je ne vais pas me raconter que « Plus tu me fuis, plus je t'aime », me retrouvant dans un cliché tel que j'ai honte d'apparaître sur la photo.

Tu ne veux plus de moi, alors que j'ai, moi-même, mis bien du temps à vouloir de moi.

Or je refuse absolument de devenir un homme normal, de me retrouver dans la meute des célibataires, je veux continuer à faire partie des extraterrestres, qui irradient de la lumière bleue de tes yeux, à t'offrir mille cadeaux, à rire aux éclats. Oh non, je refuse de retourner dans le si sombre tunnel d'où je venais avant toi.

Depuis ton silence, je ne vibre plus pour rien, je ne frémis pas quand est prononcé ton prénom, je ne pleure même plus.

Je suis juste scandalisé à l'idée que tu puisses ne plus m'aimer.

En colère contre toi et tellement impuissant.

J'écoute ton désamour me parler et entends sa voix dire : « Elle ne reviendra jamais. » Pour la première fois, je sais, je ressens la gravité de la situation.

Je suis vide, creux, mort. Sûrement l'étais-je auparavant mais que je t'en veux d'avoir retiré le suaire !

ELLE

Je suis tellement soulagée.

Il y a longtemps que j'ai fait le deuil de notre histoire, bien avant que je le sache moi-même.

Je m'en rends compte alors que je viens de raccrocher et de lui annoncer l'inéluctable. Il mettra du temps à se rendre compte, ne comprendra pas, me rappellera ou m'enverra un long texto.

Enfant, il va tenter de me culpabiliser, de me rendre jalouse, de me trouver une dépression, un motif sans lien avec lui – qui sait peut-être m'accuser de m'être servi de lui… bref, tout ce que l'on balance quand on est blessé à mort.

Tiens, il n'envoie rien. Surprenant. Ce silence est-il une manigance ?

La fin de notre histoire a commencé lorsque je lui ai dit que je ne voulais plus que des baisers lèvres fermées. Il m'a fallu prétendre que jamais je n'avais aimé ça. Je pensais qu'il m'avait crue mais comme il est revenu sur le sujet régulièrement, j'ai saisi qu'il se doutait de quelque chose, perçait le mensonge.

Je savais que j'allais lui faire du mal, mais c'était lui ou moi.

J'ai une intelligence implacablement logique, pas romantique, comme il l'a cru – si je décide que tout est fini, c'est fini. Il faudra bien qu'il le comprenne, merde !

Lui

Allez, il y a de l'espoir, tout n'est pas perdu ! me dis-je parfois. Avant de sombrer :

Si… j'ai tout perdu. Et ma main ne sert plus à rien. Feuille morte, elle n'a plus de sève, plus de couleur, reste ballante.

Pour la première fois, j'accepte l'automne dans ma vie. Je laisse entrer le jaune et l'orange, le vent qui souffle, les courants d'air dans mes pensées, cette foule d'idées qui se bousculent pour sortir de la salle de spectacle et vont s'éparpiller sur le trottoir. Encore un coup de vent et elles danseront dans les airs avec les feuilles de papier où j'ai écrit des mois durant tant de mots d'amour qui ne servent plus à rien.

C'est l'hiver maintenant et me voilà bonhomme de neige ridicule. La morte-saison pour mon cœur.

ELLE

J'ai besoin de silence et d'être seule chez moi. D'une bière aussi.

Au fond, il me crispe à un point tel que je ne me reconnais pas. Il va s'accrocher et plus je résisterai, plus il se racontera qu'il m'aime.

LUI

Vite un texto.

Je me gare sur le bas-côté et je tapote.

Voilà un SMS parfait. Ni trop insistant ni trop larmoyant. Intelligent, subtil, élégant. Elle n'arrivera pas à résister.

ELLE

Oh non, un message ! Je ne sais quoi répondre. Le plus simple ? Ne rien répondre, disparaître à ses yeux.

Fous-moi la paix.

Épisode 29

Si tu me quittes,
est-ce que je peux venir avec toi ?

« Ça ne te regarde pas » : cette phrase, je ne supporte plus de l'entendre. Et tu viens de me la balancer droit dans les yeux quand je t'ai demandé si tu étais heureuse avec ce type. J'ai fait exprès de dire « type » tant je le méprise et tant tu as été rapide pour rencontrer quelqu'un d'autre, preuve que tu m'avais quitté bien avant de me quitter. La colère et la peine. Le manque aussi. Surtout.

Je n'ai plus droit à tes états d'âme, deviens un étranger, pire, un touriste dans ta vie, un de ces visiteurs de passage qui, au musée, admirent un tableau et doivent s'en aller. Je n'ai plus le droit non plus aux coulisses de ton théâtre, à tes interrogations, tes préparatifs de sortie, tes questionnements. Rejeté. Si j'osais te prendre dans mes bras pour te serrer contre moi comme avant, eh bien ce serait une agression sexuelle. Tu me fusillerais du regard sévère que tu avais quand tu me cherchais à la gare du Nord et tournerais ton visage pour éviter mes lèvres. Alors je vais m'éviter cette énième humiliation.

Comment avons-nous pu être si proches et nous retrouver dorénavant aussi loin l'un de l'autre ?

Ce mouvement irrationnel des sentiments me terrifie et me glace, je n'arrive pas à l'intégrer. Mon intelligence s'arrête là. Car oui, ton absence me rend stupide, au premier degré, gagné par l'envie de revenir en arrière comme de te reconquérir, d'envoyer promener tous nos griefs dans une ville ou un pays étranger et faire comme s'ils n'avaient jamais existé.

Après tout, ils n'étaient pas si graves… On s'aimait quand même ! Dormons ensemble cette nuit ! Souviens-toi de l'amitié amoureuse du début de notre histoire, que tu as été mon amie, mon amante, mon amiante – on pourrait recommencer par là, non ?

Autant de propositions suppliantes et puériles. Que je te vois, face à moi, recevoir avec effarement. « Décidément, il ne comprend rien. »

Alors que j'aurais voulu me mélanger à toi et à la terre comme les feuilles s'enfouissent en automne, rêvé de rester longtemps ensemble, te voir vieillir et devenir belle autrement ; je ne peux comprendre cette séparation, ni ne le veux. À ma naissance, on n'a pas coché l'option raison.

Épisode 29

Et là, face à toi que j'ai autant envie d'enlacer que de secouer afin de faire circuler les derniers confettis d'amour qui volent peut-être encore en toi, j'hésite à me faire plaintif, implorant, par pirouette.

Allez ! On a déjà fait un pied de nez au temps, on a méprisé le malheur, ignoré le passé, on peut bien se raconter que c'est une blague… Que cette séparation, c'est pour rire !

Non, tu parais si sérieuse que l'impulsion de faire l'idiot, celle qui t'amusait autrefois, ne m'inspire pas. Aucun personnage ne vient.

Seule concession, tu es d'accord pour laisser du temps, reculer l'échéance.

Toi comme moi savons pertinemment que cet atermoiement ne sert à rien, mais je fais semblant d'y croire avec le même espoir qu'au début de notre histoire, quand nous étions persuadés qu'elle durerait toujours.

Épisode 30

On dit que le temps guérit des peines d'amour. Je trouve qu'« on » dit beaucoup de conneries

N'ajoutez pas s'il vous plaît
À l'affront de me quitter,
Celui d'être mon amie.
Je ne veux pas, non merci.

Je veux un « Je t'aime » vois-tu
Et pas un « Comment vas-tu ? »
À quoi bon prendre un café
Je n'ai rien à raconter.

Un seul sujet m'intéresse
L'amour, pas la tendresse.
La passion, pas l'amitié.
Je ne fais pas la charité.

Laisse ma douleur dormir
Ne la réveille pas, c'est pire.
Laisse-moi tranquille ma chérie
Je n'veux pas de ta sympathie.

Un cœur coupé au milieu
Ne souffre pas d'un entre-deux.
Quitte-moi en entier
Je préfère ça à cette cruauté

De te frôler, quand mes bras
Voudraient tout, sauf ça
De simplement te parler
Quand mes lèvres voudraient te baiser.

Reviens si tu changes d'avis.
En amante, pas en amie.
Plutôt mourir que de te voir
Sans vouloir revivre notre histoire

Laisse-moi, mademoiselle H
Je vous ai trop aimée, moi.
Pour que mon cœur se contente
D'une pâle et amicale entente.

Épisode 31

Tu me dis que je perds la mémoire
Mais c'est faux, j'essaye juste
de t'oublier

Désormais, je sais exactement ce qui va arriver si nous nous revoyons pour un café ou à la sortie d'un spectacle.

Ton corps me dira : « Non, merci. » D'une façon nuancée et subtile bien sûr. À ses postures, sa raideur, son recul, il expliquera qu'il ne veut plus de moi. Probablement ma main, l'espace de quelques secondes, aura le droit de voleter dans ton dos, mais elle ne s'y déposera que parce qu'elle a rendu bien des services à ta peau. Par politesse et gratitude, tu la laisseras se souvenir combien elle a été désirée, mais ce sera tout.

Ton visage même se raidira.

Tu me souriras poliment et seul un observateur avisé saura remarquer qu'il y a eu quelque chose entre nous. Avant. Tu auras une nouvelle robe, que je ne connaîtrai pas. Comme elle t'ira bien, une pointe de jalousie à l'idée que tu aies pu la choisir sans moi me gagnera. Je me dirai que je n'ai pas attendu que tu sortes de la cabine d'essayage avec ce sourire interrogateur qui disait : « Elle me va comment ? » ni pu, expert de ta beauté, livrer mon avis aussi sérieux que professionnel. Et aussi que, peut-être, le « type », lui, a eu le droit de te répondre.

Ton regard sera un peu perdu voire légèrement anxieux, puisque tu ne sauras sur quel pied danser. Tu dansais bien d'ailleurs ; j'adorais te regarder ; je pouvais passer une soirée à t'admirer ; combien de fois j'ai visionné la vidéo du Jour de l'An où tu ondules, un verre à la main !

Tu auras envisagé de venir avec une amie pour cacher la gêne ressentie en ma présence, toi qui étais pourtant si fière de me présenter. Tu riras même un peu trop fort. Si j'étais le réalisateur de cette piteuse scène de retrouvailles, je te ferais jouer plus sobrement, à coup sûr.

Inutile de vivre cette humiliation.

Je préfère t'écrire comme ce soir, rendez-vous quotidien avec ton souvenir, durant lequel je te réinvente, nous redonne vie, nous fais danser, rire, pleurer à ma guise. C'est comme si je contrôlais un rêve, comme si je décidais où se dirigent mes plaisirs. Je ne veux pas de ta réalité ni des phrases raisonnables dont tu avais déjà le secret, je me fiche de ce qui se fait ou non et ne veux pas être arrêté par ta police. Si on me demande mes papiers, je n'ai aucune envie d'être en règle avec ta loi. Je rêve juste, par magie, de me retrouver dans l'espace où je me réfugiais quand j'avais onze ans.

Là, personne ne pouvait m'atteindre ni me blesser. Entouré de portes que j'ouvrais comme on ouvre un livre, je pouvais échapper à la réalité d'être orphelin de mère, écarter les bras et la retrouver, renouer avec cet amour idéal où l'on ne me quitte jamais, où je suis accepté quoi que je fasse, quoi que je dise.

La mort nous a séparés, cruelle qui secoue des enfants tellement fort que, quarante ans plus tard, j'en suis encore étourdi. Elle frappe au hasard, la Mort, le même hasard qui a permis de nous rencontrer et qui me fera t'oublier.

Au fond, je ne suis qu'un enfant qui a perdu sa maman. Quel constat simple… et pathétique.

Je t'envie, toi à qui on n'a rien arraché, toi, déjà passée dans d'autres bras sans souci de ce que tu laisses derrière toi, toi qui n'as conscience que du présent, toi dont l'intelligence pratique retire la chaîne qui nous liait sans regrets ni tristesse. Dans ce verre que tu bois sans moi, dorénavant, cette fête où tu es sans moi, aujourd'hui, la mélancolie n'a aucune place. Mon souvenir a disparu, ma présence s'est évanouie. Je suis le fantôme d'un invité qui, assis sur une chaise dans l'ombre et épuisé par une musique trop forte, ferait la gueule parce que personne ne le remarquerait, même pas toi.

Au fond, qui ai-je aimé ? À qui ai-je écrit ?

Épisode 32

Je suis au printemps de ma vie,
toi à l'automne. Qui de nous deux
passera l'hiver ?

ELLE

Cela faisait deux cent quarante heures que je n'avais pas vu Élie. Dix longs jours où le téléphone avait servi d'intermédiaire entre nous, dix jours où nous nous étions raconté nos soirées, où nous nous étions couchés ensemble à distance, où il m'avait accompagnée dans ma voiture le matin quand je me rendais au travail, par appel ou SMS interposé, où je m'étais lavé les dents devant la caméra du téléphone, où je lui avais dit que je le rappelais parce que je me faisais à manger.

Une existence à distance qui ressemblait à une vie de couple mais où personne ne se touchait.

Même si j'avais hâte de le voir, sur le quai de la gare (il allait attendre avec le sempiternel bouquet à la main), je ressentais en fait une sorte d'obligation à l'aimer.

Or je détestais ce poison qui s'infiltrait en moi, je ne les aimais pas, ces sales goûts d'un passé pas encore arrivé comme d'un futur sans lui. Pour autant, ils s'insinuaient en moi.

Lui

Nous étions allés au restaurant ce soir-là. J'avais vu l'instant comme du temps gagné sur le malheur, jamais été aussi serein, heureux, peu inquiet, fidèle, solaire. Mes tendances à tout voir en noir étaient rangées à la cave, là où elles devraient rester. Qu'il avait été long, ce temps à l'attendre, qu'il avait été long, le voyage pour atteindre le bonheur ! J'avais serré dans ma main un bouquet de roses, une épine avait traversé le papier alu. J'avais sucé le sang de mon pouce. Sale goût le sang…

SMS 1 :

« Le train a du retard, j'ai hâte de te voir. »

Réponse 1 :

« Moi aussi tu ne peux pas imaginer. »

Elle

Il s'était mis à pleuvoir. Nous avions couru en riant jusqu'à la voiture. Elle aide, la pluie ; grâce à elle, on peut parler de la pluie. J'étais heureuse de le voir enfin. Il était beau avec sa chemise blanche et sa barbe de trois jours, c'était comme ça que je l'aimais.

Mais le goût amer me collait encore aux lèvres, je l'avais maquillé avec du rouge. Une barrière de plus pour sa bouche.

LUI

« C'est fou ce que tu es belle. À chaque fois j'ai l'impression de te voir pour la première fois tellement tu es magnifique. C'est nouveau ce manteau ? Ce soir je t'invite au restaurant. Tu te laisses faire, tu ne dis rien, tu obéis ! Qu'ils étaient longs ces dix putains de jours ! La prochaine fois on ne laisse pas passer autant de temps, je vais crever sinon. Sans toi je fais semblant de vivre, je suis privé de mon vrai moi-même, je joue un mauvais rôle. Hier, à une fête, il a fallu que j'aille aux toilettes pour m'enfermer et penser à toi, comme un sas de décompression. Sinon j'aurais giflé la débile qui m'a tenu la jambe toute la soirée. »

ELLE

J'adorais ses compliments, j'adorais qu'il me trouve belle. Le restaurant était magnifique, chic et bon, les serveurs impressionnés par lui. Et puis, qu'il était drôle ! J'avais été fière d'être vue en sa présence, me foutais des regards en dessous de certains clients, genre la jeune et le vieux, l'inconnue et la star, la flamme des médisances.

Mais, au retour, avait repointé le sale goût dans ma bouche. Qui, au fil des semaines, des mois, s'était fait de plus en plus amer, acide. Le sale goût du désamour qui me fait penser que tout n'est qu'un décor de cinéma, que je fais semblant de vivre, qu'avec lui je jouais un rôle. Quelque chose m'exaspérait chez Élie, que je n'arrivais pas à expliquer. Si on me demande aujourd'hui pourquoi je ne l'aime plus, je ne peux livrer que l'explication offerte si on veut savoir pourquoi je l'aime : « Je ne sais pas. »

Épisode 33

Tu dansais sur des musiques qui ne te méritaient pas

Comme tu n'es pas là, afin de te retrouver à coup sûr je me couche sur le ventre puis pose ma nuque sur l'oreiller. Je ferme les yeux pour que ceux à l'intérieur s'ouvrent et je nous revois.

Un peu étourdi de tristesse et de fatigue – c'est mon alcool pour remonter dans le temps et te retrouver –, je bois au goulot ma bouteille de mélancolie, me saoule à nos souvenirs, m'enivre à ta santé en quelque sorte, lève mon rêve à nous deux.

Je ressens les effets du vin que j'ai inventé, je plane au-dessus de moi et te vois – c'est un miracle, celui de l'amour que je te porte encore.

Nous sommes tous deux à une soirée. Moi qui n'ai jamais bu une goutte d'alcool, et déteste les fêtes où beaucoup finissent saouls, j'aime te voir un peu ivre. Mieux, j'adore t'embrasser quand tu as bu, la saveur du vin se dépose sur ma langue. Je vois aussi que tu as l'alcool chic, que tu ne perds pas le contrôle même si je te sais un peu grisée puisque tu parles plus vite que d'habitude, ris plus fort et que tes yeux brillent.

Tu danses aussi. Si bien que cette robe noire me donne envie de toi. Je suis le seul à connaître le secret de tes charmes pour t'avoir vue t'habiller, te maquiller et mettre un ensemble rouge et blanc, dépareillé… mais je ne le dirai à personne.

De temps à autre, nous nous perdons de vue dans la foule. Durant ces quelques minutes, tu me manques cruellement. Je fais le tour du bar en me déplaçant difficilement entre les invités, avec aussi la peur de tomber sur un importun qui me reconnaîtra et m'assénera une conversation de mec bourré qui me fera perdre un temps précieux pour te retrouver.

Te voilà. Je te serre dans mes bras. Oui je veux bien t'accompagner. Je bois à notre santé. C'est un sacrifice, je n'aime pas, j'ai soif d'eau et envie de dormir, mais je dois me mettre au diapason de la folie qui anime ces gens en train de danser, parler et rire fort.

Tu es comme un poisson dans l'eau. Enfin dans l'alcool. Plus les heures défilent, plus tu es survoltée. Je pense devoir être à ton niveau sous peine de gâcher la soirée. Impossible de te demander de rentrer, tu ne le fais qu'avec les derniers fêtards, à l'aube. Inutile de te fâcher.

Alors je me force à sourire à des inconnus, à rire avec des gens qui disent n'importe quoi. Plus les aiguilles tournent, plus les propos sont bêtes et incohérents.

Croisée dans le flot de cette foule moite, tu dis que tu m'aimes, te colles à moi, et la sueur de ta nuque, la douceur de tes bras me donnent envie d'être seul avec toi.

Mais il faut attendre et attendre encore en faisant bonne figure. Je retiens depuis des heures la phrase : « Tu as pas envie de rentrer ? » et me sens vieux et décalé. Je ne bois pas, quelle malchance ! Plus la nuit avance, moins je suis à l'aise. Pire, maintenant, je n'arrive plus à cacher mon agacement. Je m'ennuie, veux te kidnapper, il est 3 heures du matin, chaque minute qui passe vire à la souffrance, je lutte contre mon impatience et vois le ridicule de ceux qui ont complètement lâché prise. Je finis par les détester.

Qu'elle est longue cette soirée ! Quand je te retrouve enfin, tu implores encore dix minutes. J'accepte, même si je suis conscient qu'elles deviendront trente, voire plus.

Vient enfin le calme de la voiture. Tu m'en veux d'avoir écourté ta soirée. Mais il est 5 heures, et au moins ai-je tenu jusque-là. Ne pourrais-je être couronné pour ça ?

Retour à l'hôtel. Je t'ai enfin pour moi… Mais tu t'écroules tout habillée et à moitié démaquillée sur le lit. Belle poupée désarticulée. Je te déshabille. Tu ne réagis à rien. Je te couche et te regarde t'enfoncer dans un sommeil lourd comme une bouteille qui coule au fond d'un lac.

Le silence. Mes oreilles sifflent. J'éteins.

Je suis épuisé d'avoir été en contrôle des heures durant.

Voilà mon souvenir.

Je rouvre les yeux. Dix minutes à peine de rêve.

Je suis de nouveau seul.

Je sais que tu as vécu mille soirées sans moi et que tu en vivras mille autres.

Je ne suis alcoolique que de toi.

Mais tu ne seras plus jamais là pour partager mon ivresse.

Épisode 34

La grève de la fin

Elle

Comment naît le désamour ? Il est arrivé en moi par touches, par des détails, pinceau du quotidien, tableau de l'ennui, dessin exposé dans une brocante dont on se demande pourquoi il n'est pas abandonné dans une poubelle, comme un reniflement insupportable, une respiration trop forte, un geste répété, une habitude du matin, une voix trop entendue.

Si l'amour me mettait en garde à vue, je ne saurais lui livrer que ces quelques indices de mon désamour pour lui.

Ce n'est pas la différence d'âge, inspecteur, je dirais que c'est un ensemble de choses…

L'inspecteur

De choses, vous appelez ça des choses ?

Elle

Oui, je ne sais pas les nommer autrement. J'ai senti que je ne l'aimais plus autant, j'avais de moins en moins envie de lui, je n'aimais plus la saveur de ses baisers, il m'exaspérait au point que j'aurais pu le frapper. Il ne me comprenait pas et j'étais obligée de lui répéter dix fois les mêmes choses... Enfin, vous voyez quoi...

L'inspecteur

Je ne suis pas là pour donner mon avis, je prends juste une déposition, je note, mademoiselle... Il n'y avait pas une nouvelle rencontre ?

Elle

Non. Enfin si, enfin non.

L'inspecteur

Vous pouvez être plus précise ?

Elle

J'avais rencontré un homme le 22 janvier, oui, mais on avait pris un verre. Je suis obligée de tout vous raconter ?

L'inspecteur

...

Épisode 34

ELLE

J'aimais Élie encore beaucoup, mais je pense que je me détachais. Doucement, sûrement.

L'INSPECTEUR

Bien. Vous relisez la déposition, vous signez en bas à droite et vous notez la date.

ELLE

La sortie, c'est au fond du couloir à gauche ? Merci, au revoir.

Épisode 35

Pour devenir immortel, il faut d'abord mourir

ELLE

Une lettre. De lui. Je reconnais son écriture irrégulière. Je sens qu'elle va me mettre mal à l'aise et que je ne saurai quoi répondre.

Chère Héloïse,

Il est très cruel d'écrire à une femme qu'on l'aime alors qu'elle n'éprouve plus le même sentiment. On a la sensation désagréable de parler à une sourde, de passer pour un fou, d'être tout à coup regardé avec la condescendance ou la pitié qu'un conducteur renvoie au mendiant venu réclamer une pièce au feu rouge. La voiture accélère.

Dans ma vie, je crois avoir passé et perdu un temps fou à ressentir la solitude, à rêver ou à espérer l'amour d'autrui.

Je ne saurais dire pourquoi tu ne m'as plus aimé comme pourquoi tu m'as aimé. Voilà deux choses inexplicables, un mystère insondable dont la noirceur m'envahit encore.

L'amour impossible augmente mon isolement, je veux de tout mon cœur partager mes peines ou mes joies et toujours se dresse un mur d'incompréhension face à moi puisque la personne avec laquelle j'aimerais échanger ce fardeau est justement celle qui en veut le moins au monde.

Je sais qu'il s'agit de l'injustice de la vie : passer son temps à quitter les choses et les gens, dire au revoir à un pays, une rue, un train, une soirée, un ami, un amour ; on quitte toujours tout. Et même, un jour, on se quitte soi-même. Aussi, en attendant on s'arrange pour oublier ce sort universel.

C'est avec toi, Héloïse, que j'ai oublié ma condition de pauvre mortel. Et toi tu me retires cette illusion.

Si tu savais comme je t'en veux de ne plus compter pour toi ! Et aussi de comprendre que tu n'as pas su faire autrement parce que moi aussi j'ai fait souffrir mais je l'ai oublié.

Dans notre histoire, j'ai toujours compté jusqu'à toi. J'y ai vu le chiffre deux sans envisager qu'il puisse se diviser et, aujourd'hui, me voici dans ma propre impasse.

Aujourd'hui je voudrais aimer mais ne le peux plus. À croire que tu es partie avec ce qu'il y a de plus précieux, mon cœur, qui n'est plus qu'un muscle qui renvoie du sang dans mon corps.

Alors, pour toi, voici mon dernier courrier du cœur. Enfin du peu qui m'en reste.

Épisode 35

Cette lettre, je pense que tu la liras dans longtemps, quand toi et moi serons devenus des étrangers l'un pour l'autre et que restera seulement de nous la trace d'un souvenir appelé à partir dans le courant d'air qui traverse ses lignes.

À toi.

ELLE

C'est joli, comme souvent. Mais je vais lâchement laisser passer du temps et telle sera ma réponse.

Elle range le courrier à côté des factures EDF. Sans savoir que l'énergie électrique de cette lettre pourrait éclairer Paris un mois durant.

Épisode final

À ma mère

Pour conclure ce livre que vous fermez mais que je continue à écrire sans vous, sachez que j'emporte avec moi un chagrin durable. Un chagrin que je portais avant d'avoir connu les femmes que j'ai cru aimer.

J'ai accompli, je crois, tous les efforts qu'un cœur blessé peut faire pour aimer et être aimé comme il faut.

Je me suis comporté parfois mal, souvent bien.

Mais jamais je ne pourrais me défaire de ce chagrin, sac à dos d'écolier invisible qui pèse si lourd, pages blanches d'un livre auquel aucune lettre n'ajoute un gramme. C'est le texte de mon enfance déchirée, aux feuilles vierges que je ne parviens à noircir que d'un mot : ...

Remerciements

Je tiens à remercier Thierry Billard et Fred Hazan, sans qui l'idée de ce livre n'aurait sans doute pas existé ni ne serait devenue réalité.

Table

Ce livre existe grâce au travail de toute une équipe.

Communication : Caroline Babulle, Sandrine Perrier-Replein, Typhaine Maison, Inès Paulin, Adélaïde Yvert.

Coordination administrative : Martine Rivierre.

Studio : Pascaline Bressan, Barbara Cassouto-Lhenry, Joël Renaudat.

Fabrication : Muriel Le Ménez, Céline Ducournau, Bernadette Cristini, Sophia Paroussoglou, Isabelle Goulhot.

Commercial, relation libraires et marketing : Laetitia Beauvillain, Perrine Therond, Ombeline Ermeneux, Élise Iwasinta, Morgane Rissel, Arthur Rossi, Aurélie Scart.

Cessions de droits : Isabelle Votier, Benita Edzard, Lucile Besse, Sonia Guerreiro, Costanza Corri.

Gestion : Sophie Veisseyre, Chloé Hocquet, Isabelle Déxès, Camille Douin.

Services auteurs : Viviane Ouadenni, Jean-François Rechtman, Catherine Reimbold.

Ressources humaines : Mylène Bourreau.

Juridique : Laëtitia Doré, Anaïs Rebouh, Valérie Robe, Lucie Bergeras, Julia Crosnier.

Avec le soutien des équipes d'Interforum et d'Editis qui participent à la création, la diffusion et la distribution de ce livre.

Canoros Vehit Canentes

Composition et mise en pages
par Facompo Lisieux

MIXTE
Papier issu de sources responsables
FSC® C003309

L'éditeur de cet ouvrage s'engage dans une démarche de certification FSC® qui contribue à la préservation des forêts pour les générations futures.

Pour en savoir plus :
www.editis.com/engagement-rse/

Imprimé en France par CPI
en septembre 2022

N° d'édition : 64488/01 – N° d'impression : 3049671